「魔物との遭遇すらねぇのはおかしくねぇか？」
〈お兄さん。命の気配がしません……
こんな土地、初めてです〉
食い詰め傭兵の
幻想奇譚15

「ユーリ団長と、手前えはどういう関係なんだ」
「ユーリと私の関係か。奴は元々、私の部下になるはずだった男だ」

「団長が手前ぇの部下だと」

「なんだありゃ……」
それは城のようにも、何か巨大な船のようにも見えた。

食い詰め傭兵の幻想奇譚 15

Fantasie Geshichte von Söldner in großer Armut

まいん

Illustration peroshi

口絵・本文イラスト　p e r o s h i

Fantasie Geshichte
von Söldner in
großer Armut

プロローグ　亡国から再会する

どこぞの王国が滅《ほろ》びたと、ひょろりとそんな噂《うわさ》が立った。

またどこかの都市国家でも滅びたのかと思ったロレンなのだが、その思いはロレンの精神の中に間借りしている〈死の王〉の精神体であるシェーナに軽く非難されて引っ込めることになる。

本物の国が一つ滅ぶよりは、何らかの理由で国から独立したり、似たような境遇《きょうぐう》の者が集まったりしてできあがった都市国家が滅ぶ方が話としてはよくあることではあるのだが、シェーナは〈死の王〉となる前はその都市国家の主席の令嬢《れいじょう》であり、よくある話で片付けられてはたまったものではないらしい。

心の中でシェーナに謝《あやま》りながらも、もう少し詳《くわ》しい情報を集めてみる必要があるだろうかとロレンが思った場所は、ユスティニア帝国領《ていこくりょう》内の国境線に程近《ほどちか》い街である。

ロレン達《たち》は、冒険者《ぼうけんしゃ》ギルドからの依頼《いらい》という形で大陸北部に存在しているユスティニア帝国とロンパード王国との戦争に参加するべく、カッファから遠く離《はな》れた地に来ていたのだが、その仕事もとりあえずは終わり、カッファへと帰る手はずを整えているところであった。

来るときのルートを使うというのは、大陸中央部にその支配領域を構えている魔族《まぞく》の地を通り抜《ぬ》けることであり、そこを比較的《ひかくてき》安全に通り抜けられる手立てがロレンにはあるにはあるのだが、そう何度も使いたいルートでもない。

自分達が拠点《きょてん》としている大陸南西部にあるカッファの街まで、急いで帰らなければならない理由があるわけでもなく、たまにはちゃんとしたルートで移動してみようかと、冒険者ギルドが仕立てていた移動手段の方も断わって旅の支度《したく》をしていた矢先に飛び込んできたのが、そんな情報であった。

「どこの王国が滅んだってんだ？　国が滅んだとあっちゃ、大事件だろうに」

滞在《たいざい》していた街で、宿を取っていた店の一階の食堂。

そこで朝食を摂《と》ろうとウェイトレスに注文を伝え、席に着いたロレンが尋《たず》ねたのはその正面に腰掛《こしか》けたラピスである。

白を基調とした神官服に身を包んだ少女は、トレードマークでもあるポニーテールの尻尾《しっぽ》を揺《ゆ》らしながら、先に頼《たの》んでいたらしい野菜のサラダに炒《いた》めた卵、そして少々硬《かた》そうな丸パンといったメニューを突《つつ》きながらロレンの問いかけに答えた。

「ロンパード王国みたいですよ」

なんでもないことのように、やたらと軽い口調で答えたラピスだったのだが、その答えは聞いたロレンに大きな衝撃《しょうげき》をもたらした。

なにせロンパード王国というのは先にロレン達が受けた仕事の中でユスティニア帝国と敵対していた国であり、ほんの二、三日前まではちゃんと存在していた国だったからである。

いかに帝国軍の侵攻《しんこう》が素早《すばや》く厳しいものであったとしても、きちんと国として機能していたものがそんな短期間に滅ぼされるとは、ロレンには全く思えなかった。

「よっぽど団長の手際《てぎわ》がよすぎたか？」

ユスティニア帝国軍でロンパード王国との戦いの指揮を執《と》っていたのは、ロレンが冒険者となる前に所属していた傭兵《ようへい》団の団長であったユーリであった。

何をどうすれば、傭兵団が壊滅《かいめつ》してから今までの時間で国家の軍の中でも要職といえるであろう将軍という地位に就《つ》けるものなのか、ロレンには想像することもできなかったのだが、現実としてユーリは帝国軍将軍の地位にある。

それだけの手腕《しゅわん》を誇《ほこ》るユーリという人物ならば、ロレンには理解もできないような手段で王国一つを滅ぼしてしまうこともできるのだろうかと考えるロレンへ、ラピスは丸パンを手で千切りながらちらりと視線をロレンではない方向へと向けた。

「そんなに不思議なのでしたら、聞いてみては如何《いかが》ですか？」

そんなことをいわれてロレンは、信じられないといった表情を見せながらラピスの視線が向いた方向へ首を回す。

まさかそんなはずはないだろうと考えていたロレンなのだが、顔を向けてそちらのテーブルに満面の笑《え》みを浮《う》かべた初老の男性が座《すわ》っているのを見て、すぐに視線をラピスの方向へと戻《もど》した。

いちおう、表情に内心の思いを出さずに済ませることにロレンは成功していたのだが、その心の中ではロレンの内側に間借りしている〈死の王〉の精神体であるシェーナが、何やら大騒《おおさわ》ぎしているのが聞こえる。

「嘘《うそ》だろ？」

そうであってくれ、と思いながら漏《も》らしたロレンの言葉に、ラピスは沈痛《ちんつう》な面持《おもも》ちでそっと首を横に振《ふ》った。

「私も嘘だと思いたいのですが。記憶違《きおくちが》いでなければご本人に間違《まち》いありませんし。ロレンさん、本当にあの方、ただの人族なんですか？　何か違《ちが》うものが混じってたりしませんか？」

真剣《しんけん》な顔でラピスにそう尋ねられて、返す言葉もなく沈黙《ちんもく》を保つロレンの肩《かた》をぽんと叩《たた》く者があった。

現状、他にそんなことをするであろう人物に心当たりもなく、諦《あきら》めたような顔でロレンがそちらを向けば、やはり笑顔《えがお》のままのユーリがいつの間にやら近くまで歩み寄ってきており、自分の傍《かたわ》らに立っているのが見える。

「相席、構わんかの？」

「好きにし……、あ、いや。ラピスの体に触《さわ》るんじゃねぇぞ？　あんたのことだ。好きにしろなんていったらラピスの膝《ひざ》の上とかに座りかねねぇからな」

「用心深くなったの。言質《げんち》が取れたかと思ったんだがの」

かなり残念そうにそんなことを言い出したユーリに対してラピスの警戒《けいかい》感がいきなり跳《は》ね上がる。

その挙動を一つも見逃《みのが》すまいとばかりに睨《にら》みつけてくるラピスへ、全く気にした様子もないままに笑顔を向けながらユーリは近くのテーブルから椅子《いす》を引っ張ってくるとロレンから見て右側に座った。

「で、私に聞きたいことがあるのかの？」

「ロンパード王国が滅んだってのは本当か？」

そう尋ねながらもロレンは、やはり未《いま》だに信じられない気持ちでいた。

いくらなんでもという気持ちがどうしても拭《ぬぐ》えないからだったのだが、そんなロレンへユーリは頷《うなず》くでもなく、首を振るでもなく、小さく首を竦《すく》めるに止《とど》まる。

「本当だともいえるし、嘘だともいえるの」

「そりゃどういう意味だ？」

話の結果としては、本当か嘘かの二択《たく》しかないだろうと考えるロレンであったのだが、ユーリの答えはロレンが思っていたものとは異なるものであった。

「滅んでいるといえばそうであるし、滅んでいないといっても間違いではない」

「意味が分かんねぇよ」

「国としては大方、滅んだといえるかもしれないの」

ウェイトレスがロレンが頼んだ朝食を運んでくる。

それに礼をいってからロレンが受け取るのを待って、ユーリは状況《じょうきょう》を話し出した。

「国境線の戦争がこちらの勝利に終わり、帝国軍が追撃《ついげき》したまではいいな？」

「そりゃまぁ。途中《とちゅう》まで参加してたしな」

「私の予想では、ある程度王国領内へ攻《せ》め込めば、王国軍も本腰《ほんごし》を入れてこれを撃退《げきたい》するはずで、もう何回か戦えばある程度の領地を切り取れるくらいの戦果で戦争は終わるだろうと考えていたのだ」

王国とて帝国軍が攻め込んでくるのを手をこまねいて見ているだけであるはずがないのは当然である。

国境に派遣《はけん》した軍が王国軍の戦力の全《すべ》てであるわけもなく、それ以上の戦力を領内にいまだ保持しているはずであり、それが迎撃《げいげき》に向かってくればいかにユーリが指揮する帝国軍であったとしても撤退《てったい》を余儀《よぎ》なくされるはずだろうというのがユーリの予想であった。

そこで被害《ひがい》を少なく撤退することができれば、戦い自体は帝国軍の大勝利といえる結果であり、戦後の交渉《こうしょう》において少なくない王国の領地を削《けず》り取ることができるだろうというのがユーリの見通しだったのである。

しかし、現実はユーリが考えたようにはならなかった。

「抵抗《ていこう》がの。ほとんどなかったのだ」

「王国側からのか？　そりゃねぇだろ。領地内に別の国の軍隊がいるんだぞ？　事後にどうなるかは別として、それなりの規模の迎撃がなきゃおかしいだろ」

「なければおかしいものがなかったから、こうして困っておる」

帝国軍はほとんど抵抗を受けないままに、王国領内のかなり深いところまで進軍できてしまっているのだとユーリはいう。

それだけならば、王国は滅んでいるという判断はまだ早計であろうとロレンは思うのだが、それ以外にもおかしなことが王国では起きているとユーリは続けた。

「街にな。人がおらんのだ」

「帝国軍が来るからって、逃《に》げたんじゃねぇのか？」

戦争中に住民が疎開《そかい》するということは、それほど珍《めずら》しい話ではない。

命さえ無事ならば、たとえ財産が失われたとしても再起は可能であろうと考えるのは、そうおかしなことではなく、戦争が大規模化したり激化したりすると近くの村や街の住民が揃《そろ》って戦線から離れる方向へと逃げ出していくのだ。

「うちの兵士達は行儀《ぎょうぎ》がいいからの。無抵抗《むていこう》な住民に狼藉《ろうぜき》を働くようなことはせんのだが、まぁだからといって逃げるなといっても信じてはもらえんだろうが」

「そいつはまぁあんたの傭兵団にいた俺《おれ》だから、理解もするが……それだけじゃねぇのか？」

冗談《じょうだん》めかしたユーリの口調は軽いものであったが、その表情は晴れない。

まだ何かあるのかと問いただしたロレンへ、ユーリは頷く。

「これが一つや二つの街ならば、ロレンがいうことも考えたんだがの」

「違うってのか」

「小さな村や町、大きな街に至るまで斥候《せっこう》や先遣隊《せんけんたい》を出して確認《かくにん》してみた。把握《はあく》しておるだけでも、二桁《けた》以上の村や町、それに三つの大きな街の住民が一人もおらんようになってしまっておる」

ユーリが挙げた数字は、ラピスの表情すら変えるものであった。

もしその数字が本当なのであれば、万単位の人間が一斉《いっせい》にどこかに避難《ひなん》したということであるのだが、王国軍が国境線の戦いで負けてから帝国軍が王国領内を侵攻するまでの時間を考えると、いくら手際よくそれらの行動を起こさせたのだとしても、あまりにその速度が速すぎる。

しかもそれだけの人間を受け入れられる土地や資材、食料の手配などを考えれば、とてもではないが普通《ふつう》の方法で成し得るような話だとは思えなかった。

それはユーリも同じ考えであったらしく、その表情は勝ち戦を手にした将軍のものとは思えないほどに曇《くも》っている。

「何かが起きているのは確かなんだがの。何が起きているのかが分からん」

「まさかその状況で軍を進めたりはしてねぇだろうな?」

「当然だ。むしろ軍を下げて、斥候部隊を多数送り込む形で現状の把握に努めておる」

ユーリが並みの将軍であったのならば、おかしいとは思いつつもそのまま進めば抵抗なく王国の領地を奪《うば》い取ることができるのだからと軍を進めていたかもしれない。

「戦に勝つことは難しくないからの。慎重《しんちょう》に行動することこそ肝要《かんよう》というものよ」

「めんどくせぇ奴《やつ》……」

曇った表情から一転して、ドヤ顔になるユーリ。

いっていることに間違いはないのだろうが、思わずそんな毒づき方をしてしまうロレンに代わるようにして、ラピスが口を開いた。

「それで将軍様直々に、最前線からこの街まで戻ってきて、私達のところに来たということは、何かご用ということですか？」

ラピスの指摘《してき》にロレンはわずかに目を見張る。

確かに軍自体は王国領内にまで陣《じん》を張っているはずであり、その指揮をしているはずのユーリが今ここにいていいはずがなかった。

そこを押《お》して戻ってきたからには、自分達を驚《おどろ》かそうとする意図以外にも何らかの考えがなければおかしい。

もっとも、ユーリという人物の性格から考えると、本当にただロレン達を驚かせるためだけに戻ってきたという可能性も捨てきれないのだが、その場合は何発か殴《なぐ》っても許されるだろうと思うロレンへ、ユーリは真面目《まじめ》な口調で切り出してきた。

「ロンパード王国を調査する必要がある。直接でも冒険者ギルド経由でもいい。手を貸してくれんかの、ロレン」

「そりゃ……まぁ仕事だってんなら構わねぇが、あっちはどうすんだよ」

そういってロレンはラピスの方を見る。

実のところラピスはロレンに関する話をユーリから聞きだそうとして、ユーリが前線に出てしまったせいで聞き逃《のが》してしまったという状況であった。

そのユーリが戻ってきたとなれば、確かに仕事優先ではあったとしても、なんとかしてロレンの情報をユーリから引き出そうとするはずであり、逃げるようにして前線へと姿をくらましていたユーリからしてみれば、望ましい状況とはいえないはずである。

「そこは、なんとかするしかないかの」

「まぁがんばってくれ。仕事の報酬《ほうしゅう》やら引き受ける条件なんかを交渉するのはラピスの担当だからな」

「お手柔《てやわ》らかにお願いしたいの」

じっとユーリのことを睨みつけているラピス。

そんなラピスにユーリはあまり深刻に考えていないような表情でへらりと笑ってみせたのであった。

第一章　受諾から襲撃される

結局ロレンは、ユーリからの申し出を直接受けることに決めた。

冒険者ギルドを通し、依頼を達成することができれば功績として認められ、冒険者としての地位も高くなるのかもしれなかったが、冒険者ギルド経由の依頼としてユーリに出させた場合、ロレン達以外の冒険者が参加してくる可能性がある。

指名依頼という形にしてもらえばそんなこともなくなるのであろうが、今度はそれを行うために面倒《めんどう》な処理などが発生してくることになり、ユーリの口ぶりからして速度が求められるだろうと考えたロレンは、冒険者ギルドを通さないことにしたのだ。

「欲がないですねぇロレンさん」

翌日、帝国軍が手配した馬車に揺られながら移動を開始した道中、ラピスに呆《あき》れたような口調でいわれて、ロレンは首を竦める。

視線を逸《そ》らすようにして馬車の窓から外を見れば、ロレン達に同行している帝国軍の兵士達の姿があった。

さすがに前線近くの街へ行くというのにロレン達だけで行けとはユーリも言い出さず、護衛のような役割の兵士を一個小隊付けてくれたのである。

仲間というわけでもなく、自分達とは別の指揮系統で動いている兵士達はなんとなく護衛というよりは護送中のようにも見えて、ロレンは自分が何か罪人になったような錯覚《さっかく》に陥《おちい》っていた。

「帝国軍の将軍様からの依頼ですよ？　冒険者ギルドを通しておけば、名前も売れますし、功績だってかなり認めてもらえたでしょうに」

「興味ねぇな。俺は生活さえできりゃ、それでいい」

「世捨て人ってわけでもないやろに。枯《か》れとるねぇロレンは」

馬車の中でラピスはロレンの隣《となり》の席を当然のように占拠《せんきょ》している。

その正面の席に座るのは、暴食の邪神《じゃしん》を名乗るグーラであった。

「偉《えら》くなりゃ背負い込む面倒も増えるからな」

「今でも十分、面倒を背負い込んどるように思うけどなぁ」

「好きで背負ってるわけじゃねぇよ」

むっとした顔でロレンが反論すれば、グーラは意地の悪い笑顔を見せる。

本来であれば、そのグーラの隣には色欲の邪神であるルクセリアの巨体《きょたい》があるはずだったのだが、今はその姿はない。

ロレン達は三人だけで街を出ていたのだ。

一つ前の依頼で、憤怒《ふんぬ》の邪神であるレイスという少女を捕獲《ほかく》していたロレン達だったのだが、捕《つか》まえてみたはいいものの、その後の処置の仕方に困り、有望な冒険者として名高く、女好きとしてさらに有名なクラースという青年にその身柄《みがら》を預けていたのだが、ルクセリアが何故《なぜ》かそのクラースのパーティと行動を共にすると言い出したせいである。

「なにか、アタシと似たような雰囲気《ふんいき》を感じるのよね」

そう語り、ものすごく嫌《いや》そうな顔をしていたクラースのパーティメンバーを押し切る形でロレン達と別れたルクセリアであるのだが、その存在がなくなったことでロレンはなんとなく清々した気持ちになっていた。

もっともグーラが後でこっそりと、レイスが邪神であるということをあまりクラースに知られないように、それとなくフォローし、程度が過ぎるようであればグーラ達邪神が住《すみ》処《か》としている場所に逃げ込ませるという役目を担《にな》うために、そちらへ回ることにしたらしい。

ちなみに、そのレイスを捕獲するために一役買った怠惰《たいだ》の邪神であるダウナは、宿の部屋でひたすらごろごろしていたのだが、それにも飽《あ》きてしまったのかいつの間にやら姿を消してしまっていた。

グーラがおそらく住処に帰ったのだろうといっていたので、ロレンとしては気にしないことにしているのだが、あまりに怠惰は怠惰すぎて、本当に住処にたどり着いたのか少しばかり心配にも思っている。

「それはそれとして、この馬車はどこに向かっとんねん？」

変わらずロレン達と行動を共にすることを選択《せんたく》したグーラなのだが、事情の説明はほとんどされないままにロレン達についてきていた。

それでいいのかと思わないでもないロレンなのだが、グーラはグーラであまり気にしていないらしい。

「王国領内で一番近い、大きめの街に向かってるはずです。えぇっと街の名前、なんていいましたっけ？」

「メルキラっていったか？　あんまり名前にゃ興味がねぇが」

興味のないことはあまり覚える気もないらしいラピスが首を捻《ひね》りながら思い出そうとするのをみて、ロレンがなんとなく記憶《きおく》にある名前を口にする。

偶然《ぐうぜん》覚えていただけのことであり、ロレン自身も興味のない事柄《ことがら》ではあった。

「数万人くらいいた住民が、いつの間にやら全員姿を消した街ですか。空から鮫《さめ》でも降ってきたんでしょうかね？」

何故《なぜ》鮫が、と思わないでもないロレンなのだが、ここでスルーしてしまえばラピスの機《き》嫌《げん》を損ねるようなことになるのかもしれないと、少しばかり考えをまとめてからいちおうの突っ込みを入れる。

「もしそうなら鮫の死体が残ってねぇとおかしいだろうが」

「そこはほら。下水か何かを泳いでどこかへ」

そんなことをいうラピスであるのだが、いっている本人も自分の言葉に信憑性《しんぴょうせい》があるとは欠片《かけら》も思っていないような口調である。

ただ馬車に揺られて移動する間の暇《ひま》つぶしのようなものだろうかと思うロレンは、他にすることもないのでそれに乗っかることにした。

「それならまだ、笛吹《ふえふ》きが笛を吹いて住民全てを連れ去った、とかいう方が現実味があるんじゃねぇか？」

「うち、そないなことができる邪神を一人知っとるんやけどな」

冗談のつもりで始めた会話に、グーラがいきなりそんな情報を投げ込んで来てロレンとラピスが同時にぎょっとした顔でグーラを見る。

「またお前らの仕業《しわざ》か!?」

「またってなんや、またって！」

叱責《しっせき》するようなロレンの言葉にグーラが抗議《こうぎ》する。

しかしながら邪神のうちの一人ならばそんなことができると聞かされれば、またかとロレンやラピスが思ってしまうのも無理はない話であった。

だからこそのロレンの台詞《せりふ》だったのだが、グーラはそれを否定する。

「知っとるだけでそいつがやったわけがないんや！　だってその邪神ってのはルクセリアのことやからな。うちらが知らんうちにそないなことできるわけないやろ」

いきなり出てきた名前がよりにもよってその名前か、と思いつつもロレンはグーラに詳《しょう》細《さい》なところを聞いてみる。

「色欲の邪神ならできるってのか？」

できれば冗談ですよといった返答を望んでいたロレンなのだが、そんなロレンの希望を裏切るようにグーラはこっくりとはっきり頷いた。

「うちみたいな絶世の美女が全裸《ぜんら》で街を走り回れば、すけべぇ根性《こんじょう》丸出しの男どもがこぞって後を追いかけるやろ？　色欲の権能があれば老若男女《ろうにゃくなんにょ》関係なしにそないな現象を起こすこともできるってわけや」

グーラの言葉にロレンは想像してしまう。

てかてかと脂《あぶら》ぎった全裸を晒《さら》しながら街を走り回るルクセリアの後ろを、忘我《ぼうが》の表情で追いかける無数の人間達、という光景を。

それは控《ひか》えめに表現したとしても地獄《じごく》絵図であり、馬車に酔《よ》ったわけでもないというのにこみあげてきた吐《は》き気《け》に、思わずロレンは口を手で覆《おお》う。

〈気持ち悪いです……吐きそうです。吐けませんが〉

弱々しく伝わってきたシェーナの思念に、自分も吐き気を覚えている真っ最中でありながらロレンが同情のようなものを感じていると、隣に座っていたラピスがいきなりロレンの腕《うで》を掴《つか》むと肩口《かたぐち》辺りにぐりぐりと自分の額を押し当て始めた。

「脳にイメージが！　すぐさま払拭《ふっしょく》しないと私の脳にダメージが！」

「止《や》めろラピス、揺らすな。吐く……」

ラピスが額をぐりぐりと押し付けてくるたびにロレンの体が揺れる。

ただでさえ気持ち悪さを覚えているところに体を揺らされて、ロレンの顔色がみるみるうちに青褪《あおざ》めていった。

「ロレンさん！　できれば背中に腕を回してぎゅっとしてください！　その感触《かんしょく》でこのイメージを払拭できないと、私、正気を保ち続ける自信がありません！」

「どさくさに紛《まぎ》れて何をいい出しやがる」

「割と本気です！」

ロレンの方から抱《だ》き締《し》めてくれないのならば、せめて自分からとばかりにラピスがロレンの胴体《どうたい》に腕を回し、力を込めて抱きついてきた。

押し退《の》けるのもかわいそうな気がしながらも、腹の辺りを圧迫《あっぱく》されでもすれば本当に馬車の中で吐いてしまいそうな気がして、ロレンは身じろぎしながらラピスの腕が回っている位置を調整しだす。

「想像だけでこの二人に、これだけのダメージを与《あた》えるとか。ルクセリア最強説が浮上《ふじょう》してきそうやねぇ」

「なんでお前は平気そうな顔をしてやがるんだよ」

ロレンとラピスの様子を面白《おもしろ》がるように眺《なが》めているグーラへ、ロレンがそう問いかけるとグーラはなんでもないことのように短く答えた。

「慣れ、やね」

「既《すで》に汚染《おせん》済みか」

「ロレンさん、邪神が正気なわけがないじゃないですか」

なるほどなという結論にロレンとラピスが落ち着いたところで、グーラが席から軽く腰《こし》を浮かせながら、ロレンの方を指差して大声を上げた。

「人を異常みたいにいうのやめてくれんか⁉　うちはこれでも邪神の中ではそこそこ常識人やと思うとるんやぞ！」

「邪神の中では……そりゃ認めても構わねぇぞ。邪神の中限定だが」

「というか外に兵士さん達もいるんですよ。大声で何を叫《さけ》んでいるんですか」

「ここで抗議せぇへんかったら！　うちがあのルクセリアとかレイスなんかと同類やってことになってまうやないか！」

馬車の作りはかなりきちんとしており、さらに外の兵士達は馬車の車輪や馬のひづめが立てる音のせいで、馬車の中での会話が聞けるような状態ではないのだが、それでも耳聡《みみざと》い者がいれば、グーラの叫びを耳にしてしまうかもしれない。

グーラの正体については、ことさら隠《かく》す気もないロレン達ではあるのだが、おおっぴらに喧伝《けんでん》して回りたいわけでもなく、知っている者を増やす気もなかった。

「今更《いまさら》否定しても、グーラさんは既に同類だと思っていますが」

「ラピスちゃん！　目的地に着くまでお姉さんときっちり話し合おうか？」

非常に嫌そうな顔をして、グーラから体を離そうとするふりをしながらちゃっかりとロレンの方へと体を寄せてくるラピス。

そんなラピスに掴みかかろうとしたグーラは、狭《せま》い馬車の中で立ち上がり、両手首をラ

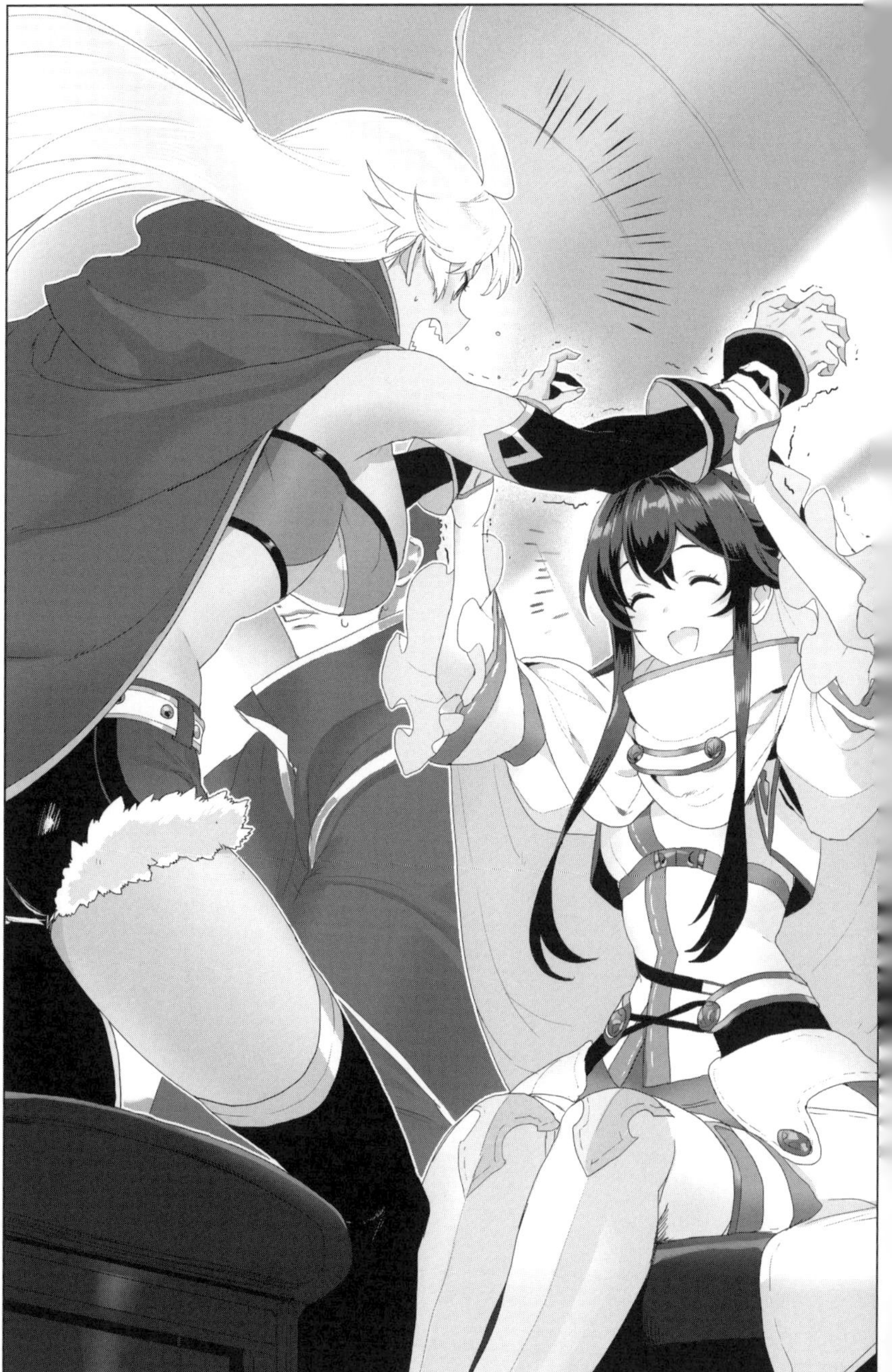

ピスに掴まれて力比べのような拮抗《きっこう》状態になる。

なんとかそんな二人から離れようと窓際《まどぎわ》に体を寄せるロレンの肩には、いつものように蜘蛛《くも》のニグがしがみ付いており、力比べ状態のラピスやグーラに対して威嚇《いかく》するように前脚《まえあし》を二本持ち上げており、騒《さわ》がしくなってしまった馬車の中でロレンにしか聞こえないシェーナの声が、ロレンを慰《なぐさ》めるかのように聞こえてきた。

〈毎度のことですけど、お兄さん大変ですね〉

どこか楽しそうな響《ひび》きを帯びたシェーナの一言に、これはこれでいいのかもしれないと思いながらも、外の兵士達が騒がしくなってしまった馬車の中に興味を抱かなければいいがとまだ掴みあったままの状態のラピスとグーラを見ながらロレンはそれらの光景を締め出すように視線を窓の外へと向けるのであった。


そんなことをしている間にも、一行は王国領内を進む。

いちおう敵の領地を進んでいるというのに、ロレン達一行は王国兵からの妨害《ぼうがい》などを全く受けることなく、その道程は順調そのものであった。

途中に何度か野営を挟《はさ》んでの移動ではあったのだが、魔物《まもの》の類《たぐい》が襲《おそ》ってくることもなく、見張りや野営の準備などは全て帝国兵が受け持ってくれたために、ロレン達は非常にまったりとした旅行を楽しむような雰囲気で移動できている。

「魔物との遭遇《そうぐう》すらねぇのはおかしくねぇか？」

「心配性《しんぱいしょう》ですね、ロレンさん。といいたいところなのですが、そのご意見には賛同します。静かで穏《おだ》やかなのはいいことですが、静か過ぎて穏やか過ぎるのは異常です」

見た目は馬車の窓から降り注ぐ日光に目を細め、座席の背もたれに深く背中を預ける形で微睡《まどろ》んでいるようなラピスなのだが、その口から出てくる言葉はどこか硬《かた》い。

「大きな生き物の気配がしません。野生動物なりどこかの村の誰《だれ》かだったり、いてもおかしくないはずなのですが、それが皆無《かいむ》です」

〈お兄さん。命の気配がしません……こんな土地、初めてです〉

シェーナがいうには〈死の王〉の力を使って気配を探《さぐ》ってみても、植物や小動物の反応はいくつも感じられるものの、それ以上の大きさの命の反応がシェーナが探査できる範囲《はんい》の中にはロレン達一行を除けば全く感じられないらしい。

「光景はのどかやけど、雰囲気は墓地のそれやね」

グーラの呟《つぶや》きに、まさにその通りだとロレンが感じたときであった。

ロレン達に随行《ずいこう》している帝国兵の中の騎兵《きへい》の一騎が、馬の足を止めないままに馬車の窓に身を寄せてきたのである。

何事かあったのかとロレンが視線を向ければ、開いた窓から騎兵が抑《おさ》えた声で車内のロレン達へ告げた。

「そろそろ到着《とうちゃく》します。街が見えてくる頃《ころ》かと」

それだけ告げてまた元の位置へと戻っていく騎兵を見送ってから、ロレンは馬車の窓から顔を出し、進行方向へと目を向ける。

いくつかの起伏《きふく》がある地形のその向こう側へとロレンが目を凝《こ》らすと、確かに何かの建物の屋根であろうと思われるものがちらほらと、見えるようになっていた。

そのロレンの背中に乗っかるような形で同じく顔を出したラピスは、ロレンが見たものと同じものを見て呟く。

「あれがメガデス」

「違《ちげ》ぇよ。メルブラだろ？」

「メルキラやからね。あんたらなにボケあっとんねん」

車内からのグーラの冷たい突っ込みに、上と下とで目を合わせたロレンとラピスはそそくさと車内へと引っ込む。

「で、そのメルキラで俺達《おれたち》がしなきゃならねぇことは？」

「とりあえず調査、ですね」

何らかの理由で人が全くいなくなってしまったいくつかの街を、帝国軍もそれなりには調査していた。

だが、現在帝国軍と王国軍が戦争中であることと、そもそも兵士や士官達はそういった調査行為《こうい》に慣れていないこと。

そしてあまり時間がなかったことなどの理由から、詳細な調査は見送られている。

ロレン達がまず依頼されたのは、人がいなくなってしまった街に、その理由を説明できるような痕跡《こんせき》が何かないか、それを調査することであった。

「俺も調査とか苦手なんだが」

「そこはほら。私とグーラさんがいますから」

人には分からないかもしれないわずかな痕跡でも、人より優《すぐ》れた能力を持っている魔族であるラピスや、邪神であるグーラにならば分かるかもしれない。

そう考えればロレン達を調査に向かわせるというのは最善手だと思われた。

ユーリがそれらの情報を知っているわけはないので、偶然の話なのだろうと思うロレンなのだが、何故だかロレンは本当にそうなのだろうかという疑念を払拭できずにいる。

「本当に誰もいないいんですね」

しばらくして、見えていた街に到着したロレン達は誰に止められることもなく街の中へとその歩を進めていた。

そこそこの規模の街であるメルキラには、何万人かの住民が暮らしていたはずであるのだが、今は彼らの姿はなく、物音すらしない街路をロレン達は隊列を組んで進む。

朽《く》ち果てたような様子のない街並みは確かに少しばかり前までは住民達がいたのであろうと思わせる光景ではあった。

「帝国兵も駐留《ちゅうりゅう》してねぇのか」

普通に考えれば、メルキラの街は帝国軍が王国から奪い取った街である。

ならば占領《せんりょう》下におくために、いくらかの兵士が駐留しているのではないかと思っていたロレンは自分達が立てる音以外には何も聞こえてこない街の様子に、不気味さを感じていた。

「通常ならば確かに兵を置くべきなのでしょうが、この様子で兵達も気味悪がっておりまして」

馬車の近くを併走《へいそう》していた帝国軍の騎兵がロレンの言葉を聞いてそう語る。

「元々の住民の方々の財産などは徴収《ちょうしゅう》したのですか？」

「いいえ、そのようなことはしておりません。しようと思えばこの通りですから取りたいだけ取れるのでしょうが……」

ラピスの問いかけに答えた騎兵だったが、その答えはロレンからしてもそうだろうなと納得《なっとく》してしまう雰囲気が街には漂《ただよ》っていた。

邪魔《じゃま》をするような敵兵も、抵抗するような住民も全くいないのだから、家捜《やさが》しなどすればそれこそ根こそぎ住民達《たち》の財産を奪い取るようなことも容易ではあるのだろうが、不気味さの方が先だって、帝国《ていこく》兵達に徴収を思いとどまらせたらしい。

「野盗の類が来たら、宝の山じゃねぇか」

「その野盗すら姿を見せないもので」

警備もされていない、住民もいないというのに財産だけが残されている街などというものは盗《ぬす》みに入る者からしてみれば天国のような状態であるはずだった。

しかしその盗みに入る者すらいないという騎兵の言葉が本当であるならば、街に漂う不気味さに一層の拍車《はくしゃ》がかかる。

「私達がこっそり懐《ふところ》に入れてもいいんですか?」

「推奨《すいしょう》はいたしませんが……将軍からは目を瞑《つぶ》るようにとだけ。それと一定量は帝国に納付して頂きたく」

「なるほど。これはやる気が出てきますね」

帝国からしてみれば、手を出せば何が起こるか分からないような気味の悪い代物《しろもの》に手をつけたくないという心情がある。

しかし、一度ロレン達が手をつけて問題なかったのだとすれば、それらについては徴収できるものならしてしまいたいという思惑《おもわく》があるのだろうとロレンはラピスと騎兵のやり取りを見ながら考えた。

その際に、いくらかロレン達の懐に入ってしまう分には目を瞑ろうというのだ。

「では、大店《おおだな》の商人さんの自宅なんかから調査を開始しましょう」

「盗《と》る気まんまんじゃねぇか」

「持ち主がいない財産ですし、状況からして既に帝国軍さんの戦果ですからね。これはグーラさんを連れてきて正解でした」

ロレンが他人の財産については手をつけたがらないということをラピスはこれまでの付き合いから学んでいる。

だからこそ、帝国軍の戦果というところを強調し、何もしなければこのまま軍の懐に入るものなのだということをロレンにそれとなく告げていた。

それはロレンも分かるのか、特に反論してくるようなことはなく、ラピスはにんまりと笑う。

一方、そんな風に嬉《うれ》しそうに語るラピスの言葉の中に自分の名前が出てきたことにグーラは首を傾《かし》げる。

「俺達だけじゃいくらも運べねぇだろうが。お前がいりゃ一度住処に保管して後でゆっくり品定めできるってことだろ」

「あ、なるほどなぁ」

調査についての相談があるからと、ラピスが騎兵を馬車から遠ざけるのを見てからロレンはグーラが感じているのであろう疑問に答えてやる。

グーラは邪神の住処なる空間へ移動することができる存在であり、ロレン達が運ぼうとすればこれから先のことも考えるといくらも持ち運べないであろう街に残された財産を、そこへ一旦《いったん》保管することができてしまう。

つまりグーラを窓口とした倉庫が手元にあるようなもので、これならば相当な量の財産をメルキラの街から回収してしまうことができるはずであった。

「あまり多用はできません。怪《あや》しまれますし」

「聞かれたらそういう魔術《まじゅつ》道具を持っとるんやってことにすれば？」

「いい案です。まぁ帝国軍にもちゃんと分け前を納付しますから、誰も損をしないお話ですよ。あ、ご心配なく。大半は母の上司に渡《わた》してロレンさんの借金は減らしておきますから」

ロレンには相当な量の借金がある。

現状それらの貸主は魔王《まおう》であるラピスの母親や、その上司である魔族全てを率いているらしい大魔王その人であったりするのだが、催促《さいそく》なしのあるとき払《ばら》いという条件であるので気にはしているものの心配はしていない。

正確な額についてはロレンに知らされていないのだが、とても個人で支払《しはら》えるような金額ではないらしく、返せる当てがまるでないそれを、今回の仕事の副収入でその中のいくらかでも返済できるのであれば、ロレンとしてはラピスを止める理由がなくなった。

「ちゃんと調査もしろよ？　そっちが本命なんだからな」

浮《う》かれるラピスの様子に釘《くぎ》を刺《さ》しておかなければと口を開いたロレンだったのだが、それに対するラピスとグーラの言葉はロレンが予想していないものであった。

「大体のことはもう分かっていますから」

「せやな。もう臭《にお》うしなぁ」

街へ入り込んでからいくらも時間は経過しておらず、しかも調査らしい調査は何一つしていない現状で、すでに住民消失の件についてはあたりがついているといったのだ。

驚くロレンへラピスは先ほどまでの楽しそうな顔から一変して渋《しぶ》い顔になる。

「私だけでは分からなかったと思いますけどね」

「うちは楽勝やったな。なんせ気配が独特やさかい。これだけ時間が経過しとってもすぐに分かるわ」

「そりゃつまり……」

「街に入る前にしゃべっとった内容が大当たりってことやね」

短時間で混乱もなく、多数の人間を移動させるようなことができる存在に心当たりがあるとグーラは語っていた。

それは色欲を司《つかさど》る邪神である、ここにはいないルクセリアであるということだったのだが、それが当たりだったとグーラはいうのだ。

まさかルクセリアがそんなことをと思うロレンは、ルクセリア以外にも一人だけ、色欲の邪神の権能をその身に宿しているであろう存在に気が付いて目を見張る。

「ロレンも気がついたみたいやねぇ。前にうちらが創《つく》られた施設《しせつ》で、色欲のカプセルの中に入っとったダークエロフ……やなくてダークエルフ」

「ノエルさん、とかいいましたか。王国軍にマグナとかいう黒光りの存在が予想される以上、ほぼ確定と考えて間違《まちが》いないでしょう」

「住民を連れ去ってどこにやったとか、何を考えとるのかについては分からんままやけどね。それはこの街を調査しても分からんやろうし」

「そこを調査するフリをしながら、楽しい楽しい家捜しをするのがこれからのミッションです。結果によってはあの厄介《やっかい》な黒光りにちょっと手心を加えてあげてもいいかなって思えるかもしれないですよね」

「うちはあのクソ野郎《やろう》を見逃《みのが》す気ぃはないで？」

「私も全殺しから九割九分九厘《りん》殺しくらいにしようかなって思う程度ですが。全く次から次へと面倒ばかり引き起こしてくれて……」

低く抑えた声で互《たが》いに笑いあうグーラとラピス。

街の中に漂っている不気味な雰囲気を吹き飛ばしてしまえるくらいに邪悪《じゃあく》な雰囲気を漂わせ始めた二人の様子を感じてなのか、馬車の周囲を歩いている騎兵の馬達がそそくさと馬車から距離《きょり》を取り始めたのを窓から見て、この二人を放置してはならないという思いに囚《とら》われるロレンであった。

「見てください見てください、見ーてーくださーいロレンさん！」

「そんなはしゃがなくとも見えてるぜ」

静かな街に響き渡る喜色を孕《はら》んだラピスの大声に、ロレンは苦笑《くしょう》しながら応じる。

人っ子一人いない街というのは非常に不気味な雰囲気を醸《かも》し出す代物であるのだが、そんな雰囲気を吹き飛ばすかのようにラピスが声を上げたのは、自分達の目の前に山と積まれていく財宝の数々のせいであった。

メルキラの街へと入ったロレン達はすぐに調査に取り掛《か》かったのだが、その途中《とちゅう》に帝国兵達が街の各所から集めてきた、いなくなってしまった街の住民達が持っていた財産が街の一箇所《かしょ》に集められ、山を成していたのである。

金銀の硬貨《こうか》はもちろんのこと、装飾品《そうしょくひん》や燭台《しょくだい》のような調度品まで、とにかく値打ちがありそうなものは片《かた》っ端《ぱし》から集められ、積み上げられている。

「これも調査なんかなぁ?」

「調査ですよ。もしかしたらこの中に、今回の現象を引き起こしたのかもしれない魔術道具が眠《ねむ》っているかもしれないじゃないですか」

「物はいいようやねぇ」

既にラピスとグーラの間では、今回の異常な現象を引き起こしたのは、おそらく何かとロレン達の周囲で問題を起こしている黒い剣士《けんし》ことマグナという人物の従者にして色欲の権能を持つに至っているダークエルフのノエルであろうというアテをつけている。

ならばそれ以上の調査はいらないのではないかとロレンは思うのだが、どこまで本気でそう思っているのかは別として、ラピスはちゃんとした調査をすることを主張し、帝国軍の兵士達に街に残っている財貨の収集をお願いしたのだ。

ユーリから言付かっているせいなのか、兵士達は部外者であるはずのラピスの依頼《いらい》に嫌な顔を見せるようなこともなく、すぐに手分けして街中から残っている財貨をかき集め、ラピスが陣取《じんど》っている街の広場へと集め出したのである。

「街一つ分の財宝が目の前に、ですよロレンさん。こんな光景は滅多《めった》に見られるものではないですから今のうちに堪能《たんのう》しておくべきです」

「俺《おれ》は、これだけ財貨を積んでも俺の借金が消せねぇって事実に打ちひしがれてる真っ最中だ」

上機嫌《じょうきげん》になるラピスとは対照的に、財宝が積み上がっていくにつれてロレンの表情は沈痛《ちんつう》な面持《おもも》ちへと変化していた。

かなり大きな街に残っている財貨をほとんど根こそぎ集めているというのに、それら全《すべ》てを消費したとしても、ロレンが背負っている借金が帳消しにならないらしい。

改めて自分が背負っている重荷を、現実のものとして見せられてしまえばラピスのように浮かれることなどできるわけもなく、ただただ気分が沈《しず》んでいくのをロレンは感じていた。

「一気に解消する方法があるだけいいと思いますが」

ロレンの背負っている借金は、以前に魔族の領域に踏《ふ》み込んだときに誤って魔族全てを支配している大魔王の城の一部を破壊《はかい》してしまったことに由来している。

普通《ふつう》の城ならばここまで常識外れの金額になるわけもなく、今更ながら騙《だま》されているような気になるロレンなのだが、相手が大魔王ともなれば抗議するのも命がけであった。

しかもなんとなくなのだが、抗議してみたとしてもあの大魔王は余裕《よゆう》の笑《え》みと共にぐうの音も出ない程に完璧《かんぺき》な見積もりを自分の目の前に提示してきそうな気がしているロレンである。

そんなロレンの借金は、大魔王と、ラピスの母親である魔王からラピスと結婚《けっこん》してくれれば全額帳消しにするという約束がなされていた。

結納金《ゆいのうきん》代わりということのようなのだが、借金のカタにラピスとそのような関係になることをロレンはいいことだとは思っていない。

しかし、目の前に積まれた財貨の山を見せられて、これでも足りないといわれると自分の裁量で返済し得るものなのかという疑問が出てきてしまう。

「なぁなぁラピスちゃん。ロレンを借金で縛《しば》っとるんは今はいいけど、結果的に悪手だったのと違《ちが》うん？」

「ロレンさんの性格を考えると確かに。まぁ手は考えてあります」

暗い顔で財貨の山を見上げるロレンの背後で、グーラとラピスがこそこそとそんな会話を交《か》わしている。

借金を返せるまで行動を共にする、という約束をしているラピスからしてみれば、返し切れないほどの借金を背負わせてずっと行動を一緒《いっしょ》にするという目的はほぼ達成されているのだが、そこから先に踏み込むためにはその借金を清算できなくては、ロレンの性格からして先に進んでくれないだろうということは、なんとなくこれまでの付き合いから察しているラピスだ。

だが、その借金を何らかの方法で清算させたとして、その後ロレンが自分の思うような行動を取ってくれるかという点については、ラピスも確たる自信がない。

最悪の場合、現状の関係まで清算されてしまう可能性もあり、下手に借金をなくすというのは不味《まず》いと考えているラピスは、何とか自分が思《おも》い描《えが》くような結末に現実を持っていく方策を常に考えている。

「絶対逃《に》がしません！」

「怖《こわ》いわぁ、この子本当に怖いわぁ」

目に新たな決意など燃やしつつ、ぐっと拳《こぶし》を握《にぎ》るラピスからグーラがそそくさと体を離《はな》しつつ、何か理解できない存在でも見るような目を向けた。

そんなことをロレン達がやっている間にも、帝国軍の兵士達は任務に忠実に動き、ある程度のところを見計らってラピスは積まれた財貨の品定めを開始する。

「基本的にお金は鑑定しなくてもいいですよね。こういう場合は金貨や白金貨なんかを中心にこっそり抜《ぬ》いていくものです」

きっぱりはっきりとネコババすることを宣言するラピスに、ロレンは思わず帝国軍の兵士達の顔色を窺《うかが》ってしまうのだが、兵士達は何も聞こえていないかのようにラピスの方を見ようともしない。

ユーリに言い含《ふく》められているといっても、ここまで徹底《てってい》しているのかと感心するロレンを余所《よそ》に、ラピスはさっさと金貨や白金貨を選《よ》り分けて、銀貨や銅貨の類は無造作に脇《わき》にどけていく。

そのどけられた硬貨は、兵士達が麻袋《あさぶくろ》をどこからか持ち出して来て、こちらもかなり無造作にその袋《ふくろ》の中へと詰《つ》め込み始める。

硬貨の類は国によってデザインの違いはあるものの、硬貨を製造するために使われる金属の割合などはきちんと決められており、よほどのことがない限り、どこの国にいっても大体同じ価値で取引することができるので、王国が滅《ほろ》びようが存続しようが、ここで徴収される現金の類には影響《えいきょう》がない。

「装飾品の類は要チェックです。こういう物の中には結構魔術道具が含まれている可能性が高いですからね。みすぼらしい指輪なんかでも付与《ふよ》されている魔術によっては一個だけで屋敷《やしき》が建つような値段になることもありますし」

ラピスが選り分けた金貨や白金貨をグーラが邪神の住処送りにしている間に、ラピスは次の獲物《えもの》の鑑定へと取り掛かる。

あまりに堂々としたネコババっぷりに、本当にいいのかという問いかけを視線に込めてロレンは帝国軍兵士達を見るのだが、彼《かれ》らはロレンの視線になど全く気が付かない様子で膨大《ぼうだい》な量に及《およ》ぶ銅貨や銀貨の入った袋を、これもどこからか徴収してきたらしい荷車の上へと積み込む作業に没頭《ぼっとう》していた。

「王国にはロクなデザイナーがいないんでしょうか。ちょっとデザインが古めかしいというか時代遅《おく》れというか……使っている貴金属も混ぜ物が多いみたいですね。宝石も傷が多いところからして質が悪い」

ラピスのめがねに適《かな》わなかった装飾品が無造作に放《ほう》り投《な》げられる。

ロレンからしてみればそれでもそれなりの現金になるのではないかと思われる物がいと

も容易《たやす》く放られて、兵士達がそれを拾ってこれもまた麻袋へと詰め込んでいく。

「なんかもう、土台は鋳潰《いつぶ》して宝石は単品で磨《みが》きなおした方が高値がつくような気がしてきました。あ、これ魔術道具です。〈防御《プロテクション》〉の魔術が付与されていますね。中々の良品と」

鑑定結果を呟きながら、手に持っていた指輪をグーラの方へと放り投げようとしたラピスの手首をそっと、帝国軍の兵士が押《お》さえた。

まさかここにきて、上前をはねているラピスを咎《とが》めるつもりかとロレンが身構えると、兵士はラピスの体に触《ふ》れた無礼を詫《わ》びながらもこう切り出してくる。

「そのような魔術道具は帝国軍の力となります。どうかこちらに譲《ゆず》って頂きたい」

「仕方ないですね」

〈防御《プロテクション》〉の魔術はかかっているだけで、対象者が受けるダメージのいくらかを消してくれる優れた魔術である。

使用者の魔力《まりょく》を消費するものなのか、それとも回数制限のある代物なのかは分からなくとも、それが指輪の形をした魔術道具として存在しているのであれば、冒険者《ぼうけんしゃ》のみならず戦いを生業《なりわい》とする兵士達も、喉《のど》から手が出るほどに欲《ほ》しがる逸品《いっぴん》であった。

だからこそその兵士のお願いに、ラピスは難色を示すようなこともなくあっさりと、手の中にあった指輪を兵士へと引き渡す。

少しはごねるかと思っていたロレンは、あまりに素直《すなお》なラピスの反応に意外そうな顔をし、それを見たラピスは鑑定の手を止めずにロレンへこっそり囁《ささや》いた。

「本当にいい物は、何もいわずにネコババしますから」

それもどうなのかと思うロレンなのだが、そう思ったところでラピスの行為を止めることができないのは明らかであった。

何せ、この場に居合わせた面々の中で魔術道具の鑑定ができる技能を持つのはラピス以外にいないのである。

つまりはラピスがだんまりを決め込めば、誰もそれに疑いを挟むことができないのだ。

「けどよ。普通の市民がそんなに魔術道具なんか持ってるもんか？」

「意外と多いんですよ。そこそこの値段の魔術道具を求める方っていうのは」

ラピスがいうには、冒険者や兵士のような職業の者以外にも、例えば貴族だったり大店の商人だったりと、魔術道具を求める者というのはかなり多いらしい。

戦いの中に身をおかずとも、常日頃《つねひごろ》からある程度の危険が身の回りに潜《ひそ》んでいるからこそ、〈防御《プロテクション》〉の魔術道具などは常に需要《じゅよう》があるのだとラピスは説明する。

「これなんか〈治癒《ヒーリング》〉が付与されていますね。これもどうぞ」

ラピスが兵士に投げて渡したのは、緑色の石が一つだけ吊《つ》るされた首飾《くびかざ》りだった。

見た目からすれば大した値打ち品にはロレンの目にも見えないのだが、身に着けているだけで傷が治るのだとすれば、相当な価値のある品物である。

「人気があるのはやはり〈防御《プロテクション》〉とか〈治癒《ヒーリング》〉それに〈解毒《アンチドーテ》〉ですね。この辺りは外見関係なく売れ筋です」

なんとも殺伐《さつばつ》とした話だとは思いながらもロレンは自分達用にもいくつか確保しておくべきなのではないかと考えた。

それをこっそりラピスに伝えてみたのだが、ラピスはあっさりロレンの言葉に首を振《ふ》る。

「まず、私がいれば大体のことはできますし、ロレンさんの場合は背中の大剣《たいけん》を手放すことがなければ、この程度の魔術道具など及びもつかないレベルで守られてます」

それに、といいながらラピスはロレンの掌《てのひら》に一つの指輪を置いた。

飾《かざ》り気《け》のない銅の指輪はその辺の露店《ろてん》で銅貨数枚と交換《こうかん》できそうな作りであったのだが、ラピスがわざわざ渡してきたということは何かの魔術道具なのだろうと思われる。

「それ〈解毒《アンチドーテ》〉の指輪ですが……ロレンさん、嵌《は》められます？」

いわれてロレンは自分の指と、掌の上の指輪を見比べる。

大剣のような武器を振り回すために鍛《きた》えられているロレンの指は、太く節くれだっており、とてもではないがラピスが渡してきた指輪を嵌められるようには見えなかった。

「高級品だとサイズの調整なんかが可能なのですが、ここにあるのは多少のお金を積めば手に入るようなものばかりです。ロレンさんには合わないんですよ」

なるほどと思いながらロレンは兵士の一人に指輪を差し出す。

兵士がそれを丁寧《ていねい》に受け取り、他の財貨とは区別して別の袋に仕舞《しま》い込むのを見ながら、体が大きいというのは少しばかり不便なこともあるのだなと思うのであった。


「あれ？」

調査の名を借りた、街を総ざらいするような徴収作業が終わったのは、とっぷりと日が暮れて夜の帳《とばり》が下りてくるような時間であった。

選別作業も大体終わり、荷物もまとめて、時間的にこれから動くのは難しいが、人気《ひとけ》のない街の建物を宿として使うのは気味が悪いということで、そのまま広場で夜営の準備を始めようかというタイミングで、ラピスが素《す》っ頓狂《とんきょう》な声を上げたのだ。

街の財産の結構な割合をグーラ経由でネコババしてしまっているロレンとしては、せめて兵士達の作業の手伝いをしようと、力仕事に精を出していたのだが、ラピスの声を聞きとがめて作業の手を止める。

何があったのかとラピスを見れば、ラピスは一人だけ少し離れたところでまだいくらか残っていた財宝の選別を行っていたようなのだが、そんなラピスの手には何やら金属の光沢《こうたく》を持った人形のようなものが握られていた。

「どうした？」

「いえ、ちょっとこれ……魔術道具だと思うんですが、私が見ても何の道具なのかさっぱり分からない物がありまして」

ラピスが指し示した人形のようなものは、確かに金属の光沢を持ってはいるのだが、貴金属の類というよりは鉄などのありふれた金属で作られているように見える。

さして値打ち物には見えないながらも、魔術道具であるというならば、尋常《じんじょう》な品物であるわけがないのだが、何の用途《ようと》に使う物なのか見当がつかない。

ましてラピスが見てもさっぱり分からないとなれば、ロレンが警戒《けいかい》するのに値する不審《ふしん》物《ぶつ》であった。

「危険物か？」

「さて、それが分からないので困っています」

手の中で見る角度を変えたりしながら、色々と調べているらしいラピスなのだが、そこまでしても人形の素性《すじょう》が分からないらしく、しばらく見ていた後、諦《あきら》めたように肩《かた》を竦《すく》めると手にしていた人形を帝国軍兵士達が財貨を積んだ荷車へと押し込もうとする。

「おいおい……」

「なんだかよく分かりませんけど、魔術道具なわけですし。捨ててしまうのもどうかと思うので兵士さん達に回収を任せてしまおうかと」

一理あるようなラピスの言い分なのだが、危険物かもしれない物を無造作に荷物の中へと突っ込もうとするのはどうなのかとロレンは思う。

ただ、魔術道具であることは間違いないようなので、捨ててしまうという選択肢《せんたくし》もなく、どうしたものかと考えているうちに、ロレン達の様子に気が付いた兵士が一人、何事かと近づいてきた。

「どうされました?」

「ちょっと詳細《しょうさい》不明の魔術道具がありまして、そちらに保管をお願いしようかと」

「そうですか。でしたらこちらでお預かりします」

非常に丁寧な対応をする兵士へ、ラピスは手にしていた人形を手渡《てわた》す。

見た目はそれほど大きな人形ではなかったのだが、やはり金属製ということもあってか兵士が予想していたよりもずっと人形は重かったようで、受け取った兵士は人形を保持し損《そこ》ねて地面へと落としてしまった。

「大丈夫《だいじょうぶ》ですか？　意外と重いですからねこれ」

兵士が取り落とした人形を拾おうとしてラピスが身をかがめる。

それを見た兵士がばつが悪そうに首に手を当てて苦笑いするのを見た瞬間《しゅんかん》、ロレンは首筋に何やらぞわっとした感触《かんしょく》が走るのを感じて、身をかがめていたラピスの腰《こし》の辺りを掴《つか》んだ。

「ロレンさん!?　周囲の目もありますし、こんなところで……」

何やら不穏当《ふおんとう》な言葉を吐《は》きかけていたラピスに構わず、ロレンは力の限り地面を蹴《け》って後方へと飛ぶ。

何が起きたのかと、呆然《ぼうぜん》とそれを見ている兵士の足下《あしもと》で地面が落ちている人形の方へと引っ張られた。

「あ？」

非常に間の抜けた声を兵士が上げ、そんな兵士が地面ごと人形の方へと引き寄せられる。

広場に敷《し》き詰められている石材と、その下の土砂《どしゃ》とが人形を包み込むようにして塊《かたまり》となり、その塊へ状況《じょうきょう》が呑《の》み込めていない兵士がそのまま巻き込まれた。

暗くなりつつある広場に、地響《じひび》きと硬《かた》いものが擦《す》り合わされる音。

そしてそれに巻き込まれ体を潰《つぶ》されていく兵士の悲鳴が響き渡る。

「何事だ⁉」

物音に驚《おどろ》いて兵士達が身構える中、人形を中心として集まった土砂がゆっくりと、まるで中心にある人形の形をなぞらえるかのように人の形を取り始め、見上げるほどの背丈《せたけ》になった土人形が出現した。

「こういう魔術道具もありふれてて、一般《いっぱん》の市民が買い求めるものか⁉」

ラピスの腰を掴んで吊り下げたまま、土人形から距離を取ろうとするロレンが問いかければ、ぶら下げられたままの状態でラピスが口惜《くちお》しげに答える。

「トラップですね。誰かがこの街の財貨を回収しに来ることを見越《みこ》して紛《まぎ》れ込ませていたんでしょう。こんな危ない物、市場に出回るわけがないじゃないですか」

形を造り終えた土人形がその腕を振る。

一抱《ひとかか》えもあるような太さの土と石とで造られた腕が、風を切って振り回されると、一台の荷車がそれに巻き込まれて呆気《あっけ》なく砕《くだ》かれてしまう。

その荷台に載《の》せられていた集めたばかりの財貨が、勢いよく飛び散るのを見て、兵士達はすぐに陣形《じんけい》を組み、武器を手にして土人形に対峙《たいじ》する。

その速度はなかなかのもので、かなり訓練されているのであろうことが見て取れたのだが、そんな兵士達の中へ土人形が防御など欠片《かけら》も考えていないような勢いと体勢で突っ込んで行った。

自重だけでも相当なものになるはずの土人形が勢いよく突っ込んで行けば、とてもではないが人の力でそれを押しとどめることなどできはしない。

兵士達の陣形が乱れ、土人形の突進《とっしん》に巻き込まれた兵士が数人、勢いに負けて宙を飛び、地面へと叩《たた》き付けられて苦鳴の声を上げる。

そこへ容赦《ようしゃ》なく土人形が足を踏み込み、大質量の土人形に踏み潰された兵士が真っ赤な血飛沫《ちしぶき》を上げながら手足をおかしな方向へと折れ曲げさせ、痙攣《けいれん》した。

「なんやのあれ⁉　ラピスちゃんが何かしたんか！」

「私のせいじゃありませんよ！」

仲間の兵士が惨《むご》たらしく踏み潰されたというのに、兵士達の士気は落ちてはおらず、果敢《かかん》に槍《やり》や剣で土人形へと攻撃《こうげき》を仕掛《しか》ける。

だが相手はただの土や石であり、槍に突《つ》かれても剣で切りつけられても、まともに攻撃が通っているようには見えなかった。

兵士達の作業を手伝うでもなく、ラピスの作業にも興味がなく、離れたところにいたおかげで最初の混乱に巻き込まれなかったグーラが声を上げ、その失礼な言いぐさにラピスが抗議《こうぎ》の声を上げる。

「土くれのゴーレムかいな。食いではなさそうやなぁ」

「迎撃《げいげき》する気がないなら大人しくしててください。それとロレンさん、そろそろ下ろしてもらえます？　服が伸《の》びてしまいます」

「あぁ、悪ぃ」

服を掴んでいた手をそっと放すと、ラピスは自分の足で立ち上がりながら乱れてしまった衣服を整える。

その間にも土人形の攻撃は続いており、また一台の荷車が振り回した腕に当たって砕け、木片《もくへん》と大量の銅貨をぶちまけた。

「とりあえず、〈火炎球《ファイアーボール》〉」

グーラの魔術が行使され、夜陰《やいん》に赤い軌跡《きせき》を残しながら炎《ほのお》の球が土人形へと飛来する。

それは着弾《ちゃくだん》と同時に轟音《ごうおん》と炎を巻き散らし、土人形の体をごっそりと削《けず》り取った。

「グーラさん！　味方の兵士を巻き込んでしまいますって！」

「それもそうやなぁ……」

幸いなことにグーラの魔術に巻き込まれた兵士はいないようだったが、攻撃するために近くにいた兵士達は爆発《ばくはつ》の衝撃《しょうげき》と炎の熱に煽《あお》られて、慌《あわ》てて土人形から離れていく。

その間に土人形は、新しい土砂を足下から吸い上げるとグーラが魔術で破壊した部分は

あっさりと修復されてしまった。

「自動修復機能付き……なかなか高性能なゴーレムです」

「感心している場合じゃねぇだろ」

兵士達の攻撃があまり通じていないようには見えず、半端《はんぱ》な攻撃を加えてもすぐ修復されるとなると土人形が活動を停止するほどに破壊するのはなかなか難しいように思えた。

それでもやらねばなるまいとロレンは大剣を構えて、兵士達が手を出しあぐねている土人形目がけて突進する。

一人接近してくるロレンの存在に土人形はすぐさま迎撃するべく腕を振り回すのだが、ロレンが操《あやつ》る大剣は土砂で形作られた腕を、ほとんど抵抗《ていこう》らしいものを感じさせない切れ味で容易《たやす》く切断。

返す刀でもう片方の腕も切り落としたロレンだったのだが、両腕《りょううで》を失った土人形はその胴体《どうたい》から新しい腕を生やすと大剣を振り抜いた状態のロレンへその腕を突きだす。

「面倒《めんどう》な奴《やつ》だな！」

振り抜いた大剣を強引《ごういん》に力で引き戻《もど》し、三本目の腕も切り飛ばしたロレンだったのだが、さらに追加とばかりに伸びてきた四本目の腕の攻撃を剣の腹で受け止めてしまい、衝撃で大きく後ろへと弾《はじ》き飛ばされてしまう。

それでも体勢を崩《くず》さなかったロレンだったのだが、着地と同時に再び突進しようとしてその足元の地面が土人形の方へと引き寄せられたせいで、思わずよろめいてしまった。

その隙《すき》を逃《のが》さず、さらに突進して腕を振るった土人形の攻撃を再び大剣の腹で受け止めて、地面の上を転がされたロレンは顔を顰《しか》めながら土人形を睨《にら》む。

「くそったれ！　足場が悪ぃな！」

ことあるごとに土人形が周囲の地面を吸い上げて自らの体を修復するので足場が定まらず、体勢を崩されればそこに土人形の腕なり足なりが襲《おそ》い掛かってくるとあって、思うように攻撃できないロレンが毒づく。

そうしている間にも、また一人の兵士が土砂ごと土人形の体に吸い上げられて押しつぶされ、さらに足場を崩された兵士が土人形に踏み潰されて赤い飛沫《しぶき》をぶちまけた。

〈すみませんお兄さん、この人形さんは私と相性《あいしょう》が悪すぎます〉

申し訳なさそうなシェーナの思念に文句をいえるわけもなく、ロレンは再度大剣を構えて土人形へと切りかかる。

生物ではない土人形からはシェーナのエナジードレインで吸い上げられるものがない。

おそらく人形の核《かく》になっているのであろうあの小さな人形を動かしている魔力を吸い上げるという手も、分厚い土砂の層が邪魔をして上手《うま》くいかないとシェーナが嘆《なげ》く。

「意外と被害《ひがい》が拡大中……グーラさん、タイミングを合わせてくれます？」

「ええよ」

ラピスとグーラが暴れまわる土人形へとその掌を向ける。

おそらく何らかの法術と魔術を放つのだろうと、その射線の邪魔《じゃま》にならないようにロレンが飛び退《の》くのを見てから、ラピスとグーラが術を放った。

「〈気弾《フォース》〉！」

「〈火炎球《ファイアーボール》〉」

白く輝《かがや》く光弾と、赤く燃え盛る炎の球が二人の手から放たれると土人形の両肩《りょうかた》へそれぞれが着弾し、衝撃音《しょうげきおん》を生じさせながら土人形の両腕を吹《ふ》き飛ばす。

その衝撃が収まらぬうちに土人形へと肉薄《にくはく》したロレンが、土人形が苦《くる》し紛《まぎ》れに胴体から生じさせた腕をかいくぐり、その胴体を真横に断《た》ち切って上半身と下半身とに分けてしまう。

それだけでロレンの攻撃は止《や》むことはなく、浮いた上半身が十字に断ち切られ、残った下半身もまた真ん中から左右に切り分けられると、ばらばらになった上半身の方から真っ二つに切られた小さな人形が零《こぼ》れ落ちた。

「これで止まるだろ」

さらに地面へ落ちた人形の破片《はへん》へ大剣の切っ先を突き立てて、ロレンが大きく息を吐き出すと土人形の体を作っていた土砂が崩れて地面へ小さな山を作る。

「結構やられましたね」

踏み潰された兵士や、殴《なぐ》り飛ばされた兵士。

土人形の体に巻き込まれた兵士など、帝国《ていこく》軍には結構な被害が出てしまっている。

慌ただしく、怪我《けが》をした兵士を運んだり、大破してしまった荷車の後片付けを始めたりする兵士達《たち》の姿を見ながらロレンは大剣を布で包み、背中に吊るしながらも先が思いやられるとばかりに天を仰《あお》ぐのであった。

第二章　消耗から突破する

予期せぬゴーレムの襲撃を受けた帝国軍の小隊は、隊としては軍事的な行動を取れないくらいに消耗してしまっていた。

元々が数十人しかいないところに、ゴーレムの襲撃によって人的被害が出てしまったことがその原因である。

踏み潰された兵士はいうに及ばずなのだが、振り回した腕による攻撃を受けた者の中にも運悪く命を落としてしまった者がおり、さらに動けないほどの重傷を負った者まで考えると戦力の低下が著《いちじる》しい。

それでも先へと進むと兵士達がいうので、理由をロレンが聞いてみると、現在位置から帝国領《ていこくりょう》内へと引き返すよりは、先に進んで王国領内に拠点《きょてん》を築いている友軍に合流する方が近いからだという。

「元々その予定ではあったのですが、そこで一度再編してもらわなければならなくなってしまいました」

申し訳なさそうにそんなことをロレン達へと告げた兵士だったのだが、ロレンからしてみればそれは仕方のないことで、無理をいうわけにもいかなかった。

「荷馬車もいくつか壊《こわ》されてしまいましたので、この街で徴収《ちょうしゅう》した物もかなり残していかなければならなくなってしまいました」

こちらについては最初から、ある程度の物は街に残していく予定であった。

いくらなんでも小隊一つで街一つ分の財貨を運搬《うんぱん》するのは無理がある。

それはラピスとグーラが結構な数をピンハネしていたとしても変わらない話だったのだが、運搬に使われる荷車がゴーレムの手によって破壊された分、さらに持ち運べる量が減ってしまったのだ。

「ということは、運べない分は捨てていくということですか？」

「そうなります。後々回収できればいいのですが」

盗賊《とうぞく》すらやってこない街に財貨を残して行っても、誰《だれ》も取りには来ないはずで普通ならば後で回収する人員を回せば問題ないはずであった。

しかしこの場にはグーラという存在があり、ラピスという存在がある。

捨てられていくという財貨をこの二人が見逃すわけもなく、何やら邪悪な笑みを顔に浮《う》かべつつ頷《うなず》き合う二人を、ロレンは軽く小突《こづ》いてその企《たくら》みを中止させた。

それでなくとも相当な量の財貨をこの時点でグーラの住処《すみか》に移動させているはずであり、あまり欲をかくのはいいことだとは思えなかったのである。

「皆様《みなさま》の調査の方はもうお済みなのでしょうか?」

ロレンに小突かれた頭を押さえながら、痛みに悶《もだ》えるラピスとグーラへ、兵士が遠慮《えんりょ》がちに尋《たず》ねてくる。

何のことだろうとばかりに頭に手を当てたまま首を捻《ひね》ったラピスは、すぐに自分達が現在地へと派遣《はけん》された本来の目的を思い出して、表面上は平静を保ちつつ、内心は危なく忘れるところだったと慌てながらも頷く。

「ええ、将軍にご報告できるくらいの情報は集め終えております」

「そうですか。それは何よりです」

兵士がほっとしたような表情を見せる。

相当な量の財貨や魔術《まじゅつ》道具を入手することができたとはいえ、友軍に人的被害が出ている現状で、調査の結果が芳《かんば》しくなければ意味がない。

だからこそラピスの返答に兵士は安心の表情を見せたのであろうが、ロレンからいわせれば街に入る前からラピスとグーラの間で見当をつけていた事柄《ことがら》であり、本来はわざわざ街に入る必要はなかった話である。

街に入りさえしなければ、ゴーレムのトラップに引っかかるようなこともなかったわけで死んだ兵士達は死に損なのではないか、と思ってしまうのだが、そんなロレンへグーラは異なる見解を述べた。

「街に入ることで間違《まちが》いなさそうやなという見当がついたんやから、不必要な行動だったっていうわけとはちゃうんやで？」

「本当だろうな？」

「嘘《うそ》ちゃうて。この目を見てぇな」

真正面から覗《のぞ》き込んでくるグーラの目は、何やら嘘っぽい輝きに満ち溢《あふ》れており、ロレンはそんなグーラの眼差《まなざ》しから視線をそらすように顔を背《そむ》けた。

ちなみにその間、ラピスはそっと目を伏《ふ》せたままロレンとは目を合わせようとはしておらず、それが事の真偽《しんぎ》を物語っているようである。

そんなやりとりをしながらもロレン達は最初に訪《おとず》れた街を後にし、さらに王国領内を進んで帝国軍が拠点を構えているという地点を目指す。

途中、一度の野営を挟《はさ》むことになったのだが、ここでもやはり盗賊の類《たぐい》や魔物《まもの》の類、野《や》獣《じゅう》の類などと遭遇《そうぐう》することはなく、静かで滞《とどこお》りのない旅路を消化することとなった。

こうしてロレン達はゴーレムの襲撃を受けた街を出発してから二日目の夕方に、帝国軍の拠点の一つへと到着《とうちゃく》することができたのである。

「なんだこりゃ？」

帝国軍拠点に着いたロレンの第一声はそれであった。

他の者達は声には出さなかったものの、おそらくはロレンと同じ気持ちであるはずで、曳《ひ》いていた荷車を止め、呆然と道の向こう側を見つめている。

そこには確かに帝国軍が築いたのであろう拠点があった。

周囲を木の柵《さく》で囲み、小屋やテントが張られている様子は間違いなくそこでかなりの人数が行動していたのだろうと思わせる光景である。

しかしながら、その小屋やテントの間に人の姿はなかったのだ。

全く人の気配がなく、ただそこに人がいたのだという雰囲気《ふんいき》だけを残している光景を見て、誰もがまず連想したのは人気のなくなった王国の街の光景であった。

「これはまた、ちょっと予想していませんでしたが……考えてみれば王国の街や村に起こったことが帝国軍の拠点で起きないとは限りませんでしたね」

眉根《まゆね》を寄せてそんなことをいうラピスに答える者はいなかった。

だが、いつまでもその場に立ち尽《つ》くしていても事態は一向に進展するわけもなく、呆然としている兵士達に声をかけて、ロレン達は帝国軍の拠点へと足を踏み入れる。

「いくらか、交戦したような形跡《けいせき》がありますね」

夕暮れ時の赤い太陽の光よりも、さらに赤く不吉《ふきつ》な色を呈《てい》して小屋やテントの一部には何者かのものであろう血の跡《あと》が残っており、柵の一部は破壊され、燃やされたような跡も残されている。

その血が誰のものであったとしても、そこで何らかの戦闘行為《せんとうこうい》があったことは確かだろうと思われたのだが、問題はその結果として残るであろう敵か味方かの遺体が一つも残されていないということである。

また拠点の広さからして戦闘があったのはほんの一部だけだと推測されたのだが、手分けして拠点内部を探《さぐ》ってみても、遺体はおろか生存者の一人もやはり残されてはいなかった。

「なんかと戦って、撤退《てったい》したって線はあらへん?」

「その場合は我々とどこかで鉢合《はちあ》わせていないとおかしいかと」

グーラの言葉に兵士が答える。

ロレン達が拠点に到達《とうたつ》するまでにたどってきた道は一本道であり、他に分岐《ぶんき》のようなものはなく、軍が撤退をしていたのであれば確かにどこかでそれに遭遇していないとおかしな話であった。

仮に大混乱が帝国軍内部でおこり、組織立《だ》って撤退することができずにばらばらに逃げ出していたのだとしても、その一部くらいは遭遇していておかしくない。

しかし、ロレン達は拠点へ到達する間にそれらしき一団と遭遇したり、その姿を見たりはしていなかった。

「最悪ここで全滅《ぜんめつ》していたとしても、死体が一つもないのはおかしいですね」

ラピスが不吉なことを口にするが、戦争というものは何が起こるか分からないものであり、確かにその可能性も考慮《こうりょ》しなければならないとロレンは考える。

ただそれにしても死体が残っていないというのはおかしな話だった。

王国軍の反撃《はんげき》があったとしても、わざわざ敵兵の死体を持って帰るような趣味《しゅみ》の悪いことはするわけがなく、普通《ふつう》はその場に捨てていくものである。

「魔物か獣《けもの》に喰《く》われたって可能性はねぇか?」

「拠点の広さからして、食い尽くされるような人数ではないと思います。もしも食べられたのだとすれば、相当巨大《きょだい》な魔物か、相当多数の魔物の襲撃があったと推測されますが、それにしては拠点の壊され方が限定され過ぎてます」

壊されたり焼かれたりしている一部を除けば、他の部分はほとんど無傷といっていいような状態を拠点は保っていた。

とてもではないが帝国軍が全滅するような大規模な戦闘が繰《く》り広《ひろ》げられたとは到底《とうてい》思えないような状況なのだが、ではいったい何が起きたのかと考えれば全く理由が考え付かない不思議な光景がそこに残っている。

小屋やテントの中を調べてみると、食べかけや手つかずの料理、そして誰かが寝《ね》ていたらしいベッドなどがそのままの状態で残されており、何かに荒《あ》らされたような形跡はなかった。

「団長……じゃねぇ。ユーリ将軍はここにいたのか？」

ロレンが兵士の一人に尋ねると、兵士は首を横に振る。

「ここは中継拠点《ちゅうけいきょてん》です。将軍はこのもっと先に布陣《ふじん》されているはずです」

「中継地点がこないな有様では、この先におる軍は……」

グーラが言いかけて、途中《とちゅう》で口を閉ざした。

何を言いかけたのかは誰しもが察するところではあったのだが、流石《さすが》に不吉すぎるだろうとグーラも空気を読んだらしい。

「考えても仕方ねぇが……グーラ、どうだ？　臭《にお》うか？」

ロレンが問いかけたのは、一つ前の街に入る前にグーラが嗅《か》ぎ取っていた色欲の邪神《じゃしん》の臭いのことであった。

状況が似ているのであれば、原因もまた同じなのではないかと考えたのだが、グーラはロレンにいわれて何度か鼻を鳴らした後、難しい顔で首を傾《かし》げた。

「薄《うっす》らと残っとるような気もするけど、それ以上に血肉の臭いがするわ」

「大して戦ったようには見えねぇのにか？」

血肉の臭いが邪神の臭いを打ち消す程《ほど》に残されているのであれば、もっと派手な戦闘の跡が残っていないとおかしいのではないかとロレンは考える。

ほんの一部にしか見られない程度の戦闘の跡が、邪神の臭いを消し、グーラの嗅覚《きゅうかく》を混乱させるとは考えにくい。

「そうなんやよなぁ。あの程度のもんでこないに濃《こ》い血肉の臭いが残るとは思えへん」

「邪神の権能をあまり使わなかった、ということなんでしょうか」

街の住人全《すべ》てに影響を及ぼすほどの力を行使したのであれば、それと分かるほどの残滓《ざんし》があるはずでグーラがそれを嗅ぎ取れないはずはなかった。

それがかなり薄いのだとすれば、ラピスがいう通りにあまり権能の行使が行われなかったという可能性が出てくる。

しかしだとすれば、いったいどうやって一つの軍に属する人員を根こそぎ拠点から移動させるような真似《まね》ができたのかが分からない。

「何にしても……ここからさらに移動するのは無理だろうな」

暮れ続けている空を見上げてロレンはぼやく。

いくらもしないうちに日は完全に落ちてしまうはずであり、それ以上先へと進むことが難しいのは明白であった。

だが、野営するとしても原因不明で人がいなくなってしまった帝国軍の拠点を使うしか方法がなく、不気味なことこの上ない。

「贅沢《ぜいたく》をいってられるような状況じゃねぇし、仕方ねぇな」

「ロレン殿《どの》……」

不安さを隠《かく》すことができない兵士に名前を呼ばれて、ロレンはがしがしと頭を掻《か》く。

「楽観視はできねぇが、まぁ大丈夫じゃねぇか。ここは事後みてぇだし、街といいことといい、ある程度人数が揃《そろ》ってるとこしか狙《ねら》われてねぇようだから、俺達《おれたち》みてぇな少人数をわざわざこんな奇怪《きかい》な方法で襲おうとはしねぇだろ」

「だといいのですが」

「そうじゃねぇとしても、無理にここから先に進むのは危なすぎてお勧《すす》めできねぇよ。折角《せっかく》拠点があるんだから使わない手もねぇし。なんとか一晩やりすごして、そこからどうするか考えようじゃねぇか」

不安材料は多数あるのだが、だからといってそれらを一挙に解決するような妙案《みょうあん》があるわけでもない。

このような状況下では正規軍の兵士というものは案外頼《たよ》りにならないものだと思いつつ、ロレンは不安げな兵士に対して半ば無理やりに笑ってみせると残された拠点の施設《しせつ》を使って夜営の準備をするべく、ラピス達や兵士に声をかけ始めるのであった。


そして夜がやってきた。

ロレン達は残されていた帝国軍の拠点のなるべく中心に近い部分のテントや小屋を使って夜営の準備を行い、普段《ふだん》よりも多い人数を見張りに立てることを決めると、拠点に残されていた物資の中から薪《まき》などを集めて、多くの焚《た》き火《び》や篝火《かがりび》で周囲を照らす。

あまり派手な明かりは周囲にいるかもしれない何かの注意を引いてしまう危険性があったのだが、それよりも何が起きたか分からない場所で一夜を明かすという状況で、視界があまり取れないことからくる不安を何とかする方が優先だろうと考えたためである。

帝国軍の拠点には食料の類もかなり残されており、状態は悪くなかったのだが、これらに手をつけることをロレン達はしなかった。

何が起きたのか分からない以上、その場に残されていた物にどんな残滓があるか分かったものではないので、手をつけたくなかった、というのが実際のところである。

兵士達は極度の緊張《きんちょう》と不安からか、見張りの順番が回ってこない状態でも眠《ねむ》ることができず、一人になることを恐《おそ》れてある程度の人数で固まり、朝が来るのを待つような状態であったのだが、ロレン達はそれとは対照的に見張りの番が回ってこない間は自分達にあてがわれたテントの中できっちり睡眠《すいみん》を取ることにしていた。

「ロレンさん、一人になるのは危険です。是非《ぜひ》ともこちらのテントで一緒《いっしょ》に寝ましょう」

帝国軍の兵士達が見張りをする間、寝床《ねどこ》を確保しようとするロレンの袖《そで》をものすごい勢いでラピスが引っ張る。

服が破かれるのではないかと心配しながらも、ロレンはどうにかこうにかそれに抵抗しながら尋ねてみた。

「雑魚寝《ざこね》が嫌《いや》だとはいわねぇが……不安やら何やらよりもお前自身にものすごい危険を感じるのは気のせいか？」

「気のせいに決まっています。なにより私に危険を感じるなんて間違っています。現在この場で最も安全なのは私の傍《かたわ》ら以外にありえないじゃないですか」

「あながち間違ってねぇのが癪《しゃく》に障《さわ》るが……ちゃんと寝袋《ねぶくろ》は人数分あるんだろうな？」

「いいえ、一個しかありません」

真顔できっぱりはっきりといわれて、ロレンはがくりと肩をコケさせた。

そこで抵抗する力が緩《ゆる》んだ隙に、ラピスが猛然《もうぜん》とロレンをテントの一つへと引っ張り出し、慌ててロレンは再度それに抵抗し始める。

「俺《おれ》は地べたに寝るから、ラピスが寝袋を使えよ？」

「なんてことを！　体を冷やしたらどんな悪影響《あくえいきょう》があるか分かっているんですか⁉」

「うるせぇよ。大体、俺がこの図体《ずうたい》で寝袋に入ったら、他の誰かが入る余地なんてねぇからな⁉」

「そこに無理やり入ってぴったり寄り添《そ》うからいいんじゃないですか」

「隠す気すらなくなりやがったか⁉」

そんなやりとりがあったりしたものの、睡眠だけはきちんととったロレンである。

もちろん、ラピスと同衾《どうきん》するようなことがあれば、寝かせてもらえるとは全く思えなかったので、きっちり抵抗した上でラピスとは違《ちが》うテントの中で寝ていた。

「ロレンさん、あまりにいけずです……」

「いやラピスちゃん、さすがにうちも今のはフォローしきれんわ」

「こういう不安漂《ただよ》う雰囲気の中で、肌《はだ》を寄せ合うことで親密感が生まれるとは思いません

か？」

「この子、ブレんなぁ……」

処置なしとばかりに呆《あき》れるグーラであったのだが、そんなラピスとグーラのやり取りを見ていた兵士達の間でいくらか緊張感のようなものが薄れるのを感じて、グーラはぶつぶついいながら自分達のテントへと潜《もぐ》りこもうとするラピスに顔を寄せて囁《ささや》く。

「もしかして、わざとかいな？」

「半々といったところでしょうか。押《お》し切れればそれでもいいですし、拒否《きょひ》されても道化を装えるならいいかなと」

わざわざばかばかしいやり取りを、人目を気にせずに行うことでいくらかでも兵士達の気持ちを和《やわ》らげることができれば、という思惑《おもわく》がいちおうラピスにはあったらしい。

もっともそのやり取りの中でロレンを押し切ることができれば、そのまま欲望を満たしてしまおうという思惑もあったようなので、全面的に褒《ほ》められるような行為《こうい》ではなかったのだが、それでも魔族《まぞく》らしからぬ気配りにグーラは少しだけ感心したような視線をラピスへと向けたのである。

「で、これからどうすんだ？」

翌日、何事もなく朝を迎《むか》えたロレン達は、どこか憔悴《しょうすい》したような兵士達と集まってこれからの行動についての相談を行った。

兵士達の中から士官らしき者が一人、周囲と何かしら小声で話し合った後、代表してロレンの言葉に答える。

「我々は、ここから引き返そうと思う。前線に向かって友軍と合流することも考えたのだが、現状を考えると我らだけでここから前進することは非常に難しい」

彼《かれ》らに下されている命令はロレン達を伴《ともな》った現在いる位置にいるはずであった軍と合流するところまでであり、その先については合流した後の指示に従うようにと言われていたらしいのだが、その軍自体が消え去った今となっては指示の遂行《すいこう》は無理であった。

ならばここから引き返し、一旦《いったん》本国に戻ろうと考えたらしい。

「まぁここに来るまでに何かに襲われたのは、街でのゴーレムくらいだったからな。引き返すなら危険は少ねぇかもしれねぇな」

「貴方達《あなたたち》はどうされるつもりか？」

ロレンは兵士の問いかけにしばし唸《うな》り声《ごえ》を上げた後で、短く鋭《するど》く息を吐き出すと考えを決めた。

「俺は先へ進む。とりあえず団長……ユーリ将軍がどうなっているのか確認《かくにん》してぇし、手を貸せるなら貸してぇからな」

「護衛はできないぞ」

「いらねぇよ。俺一人でも行く」

ロレンとしては暗にラピス達にもついてくる必要はないのだぞということを告げたつもりであった。

ユーリに恩義などを感じているのはロレン個人の問題であり、ラピスやグーラ、兵士達にはまるで関係のない話であるからだ。

しかしラピスはそんなロレンの思惑になど気が付いた様子はなく、あっけらかんとした口調でロレンへいった。

「それなら私も随行《ずいこう》ですね。私とロレンさんなら問題ないでしょう。グーラさんはどうします？」

「せやなぁ。うちもついてこかな。この先にあの黒いのがおんのやったら、ぼてくりまわしとかんといかんしなぁ」

「そうか、それなら止めはしないが……気をつけて行かれよ」

ロレン達の意思を確認した兵士はそういうと、仲間達に声をかけ撤収《てっしゅう》の準備を始める。

てきぱきと片付けられていく荷物を見ながら、ロレンはとてとてと傍らに歩み寄ってきたラピスを見て、いちおう確認してみた。

「本当についてくんのか？　ここから先は面倒しかねぇだろうし、ラピスに団長のことは関係ねぇだろ？」

「団長さんの安否は比較的《ひかくてき》どうでもいいんですが、ロレンさんが行くというのについて行かない話はないですよ」

「そうはいってもなぁ。俺ぁ団長にここまで育ててもらった恩ってのがあるから、見捨てられねぇってだけだし」

「私にはロレンさんという優良物件を逃したくないという理由がありますし、そもそもロレンさん、借金を返し終えてないのですから、私と行動を共にし続けて頂かないと困ってしまいます」

ロレンの行動を借金というもので縛《しば》ったことを悪手だと思っていたラピスだったのだが、今現在においては縛っておいてよかったとこっそり心の中で思っていた。

ユーリとロレンとの関係の間に口を挟むようなことはできないが、理由さえあればロレンについていくことをロレンが止めることができないからだ。

それにもしかすれば、借金を返し終えていないことを理由に、何かしら悪い事態に陥《おちい》ったときに、引き返したり逃《に》げたりすることを強制できるかもしれないとも思っている。

最悪、半ば誘拐《ゆうかい》するかのように無理やり連れ出したとしても、大魔王《だいまおう》の借金を背負っているロレンを失えば、大魔王に何をいわれるか分かったものではないという理由で、責任を大魔王に丸投げしてしまうこともできそうだった。

「グーラの方はどうだ？」

「うちは好きなときに逃げ出せるから心配せんでえぇよ。不味《まず》いと思ったらさっさとトンズラこくさかい」

気にするなとばかりに手を振《ふ》りつつ、へらへらと笑ってみせるグーラなのだが、ロレンはそんなグーラを少しばかり心配そうに見る。

グーラが黒いのと形容する相手はマグナという黒い鎧《よろい》の剣士《けんし》で間違いないのだが、このマグナに関してグーラはかなり激しい感情を抱《いだ》いていた。

それは見つけ次第《しだい》ただではおかないというようなものなのだが、あのマグナ相手に冷静さを失えば、いかに邪神といえども無事では済まないかもしれず、それがいくらかロレンに不安を抱かせている。

「そないに心配せぇへんでも、うちは大丈夫《だいじょうぶ》やさかい。気にしなさんな」

そんな思いをロレンの表情から読み取ったのか、グーラは笑顔《えがお》のままロレンの背中をぽんと一つ叩き、反対側の背中の服をラピスがぎゅっと握《にぎ》る。

「たまには私のこともそんな風に心配してくれていいんですよ？」

「まず、どこを心配しなくちゃならねぇのかが分からねぇよ」

思ったことをそのまま口にしてしまったロレンの脇《わき》を、ラピスが無言で拳《こぶし》で叩く。

アンデッド最上位の神祖からもらったロレンのジャケットを貫《つらぬ》いて、衝撃がロレンの脇腹を襲い、思わず咳《せ》き込んだロレンはやはりラピスに関して自分が心配をするのはおこがましいのではないかと思ってしまう。

そんなことをしている間に、兵士達は撤収の準備を終え、荷物をまとめてしまうと持って帰らない物についてはロレン達の好きにしていいと申し出てきた。

それは人数が減った分の食料であったり、いらなくなったテントや寝具《しんぐ》の類であったり、一つ前の街から持ち運んできたものの、帰りの道の負担を軽くするために放棄《ほうき》していくことになった財貨の一部であったりしたのだが、ロレンはそれらをありがたく利用させてもらうことにして兵士達に礼をいい、兵士達の目のないところでグーラがせっせとそれらを邪神の住処送りにしてしまう。

「それでは我らはこれで。どうかご武運を。そしてもし将軍と合流できましたら、どうか将軍をよろしくお願いします」

「俺によろしくされるような人じゃねぇんだけどなぁ。まぁ、承《うけたまわ》った」

最後にロレン達へ一礼し、拠点から立ち去っていく兵士達をロレンはその姿が見えなくなるまで見送った。

多少危険はあるかもしれないが、彼らもまた少ない戦力で敵地を歩いていかなければならず、無事に帝国領に到着できるかどうかは分からない。

これで彼らが全滅し、自分達が帝国に戻らないようなことがあれば、帝国軍は原因不明で謎《なぞ》の全滅を遂《と》げた、というような噂《うわさ》がひょろりと立ったりするのだろうなとやや不吉なことを考えるロレンの肩《かた》では、何故《なぜ》か蜘蛛《くも》のニグが前脚《まえあし》を上げて小さくなっていく兵士達の姿を見送るような姿勢を取っていた。

「要所要所で自己主張しますよね、ニグさんて」

兵士達の姿が地形の起伏《きふく》の向こう側に消えて見えなくなると、上げていた前脚を下ろしてまたいつもの定位置にしがみつくニグを見ながら、ラピスが興味深そうにいう。

何もなければまるで服の一部であるかのようにじっとしているニグなのだが、確かに何かあると、いつの間にやら何らかの行動を取っているのがニグであり、気配というか空気というかその場の流れみたいなものが読めたりするのだろうかとロレンは肩に貼《は》り付いているニグの背中をそっと撫《な》でてやる。

〈私も自己主張したいですけど、お兄さんにしか見えないんですよね〉

不満そうにロレンの視界の中を飛び回るシェーナ。

確かにその存在はラピスやグーラには見えず、言葉の上でしかロレンの内側にいることを認識《にんしき》されていないのがシェーナなのではあるが、いつも十分助けられているからと慰《なぐさ》めるようにロレンが思えば、それで多少機嫌《きげん》を直したのか、飛び回るのを止める。

「じゃあ俺らも行くか」

ある程度の道筋については兵士達と別れる際に、周囲の地図をもらい、その地図上で説明を受けている。

道に迷うようなことはなさそうであるが、果たして素直《すなお》にユーリ達と合流できるものだろうかとロレンはこれから進む道の先を見ながら、やや陰鬱《いんうつ》に考えるのであった。

帝国軍と別れたロレン達は、もぬけの殻《から》となった帝国軍拠点を後にしてさらに王国領内深くへと足を踏《ふ》み入れることになる。

動物や人、魔物の姿がまるでない王国領内はひたすら不気味な雰囲気を醸《かも》し出しているのだが、雰囲気だけ我慢《がまん》すればトラブルなど何一つない、順調な旅路であるともいえた。

「せめて空に鳥でも飛んでいれば違うんでしょうけどね」

隣《となり》を歩くラピスがそんなことをいい、その視線の先を追うようにして空を見上げたロレンは、ラピスがいう通りに空にも鳥の影《かげ》すらないことを見て、小さな溜息《ためいき》を吐《は》き出す。

怯《おび》えてどこかへ行ってしまったのか、それとも別の理由でなのか、とにかく帝国軍の拠点を出て、王国領の内部へと進むにつれて、小さな生き物の気配も段々と少なくなっていき、一度の野営を経て二日目に入ったときにはグーラやシェーナの知覚にも、ほとんど自分達以外の存在は検知されないほどになっていた。

「なんや死に絶えた王国ってな感じやなぁ」

「字面《じづら》ほど荒廃《こうはい》した様子はないんですけどね」

周囲の気味の悪さと反比例して、ラピスやグーラの口調はのんびりとしたもので、それが却《かえ》ってロレンの不安を煽《あお》る。

何かしらとんでもないことに巻き込まれているのではないかと、警戒《けいかい》しながら進むロレンの顔色は悪く、足取りは重い。

そんなロレンの耳に、何かの音らしきものが飛び込んできたのは二日目の行程も昼下がりを迎えようかという時間帯であった。

「今何か聞こえなかったか？」

その音を聞いた瞬間《しゅんかん》、身構えてしまったロレンに対してラピスとグーラはいわれて初めて何かに気が付いたというような感じで、お互《たが》いに顔を見合わせると耳に掌《てのひら》をかざしたりし始める。

「確かになんや聞こえるなぁ」

「呻《うめ》き声といいますか、嗄《しゃが》れ声といいますか。そんな感じですね」

「お前ら、全然驚《おどろ》かねぇのな」

少しは怯えたり気味悪がったりしないものかと思うロレンなのだが、相手は魔族と邪神であり、普通の女性の反応を期待しても無駄《むだ》だということは分かっている。

それでももうちょっとなんとかならないものかと思うロレンを放置して、ラピスは耳にかざしていた手を額へと移動させると、自分達《たち》が進んでいる道の先へと目をやり始めた。

「見渡《みわた》す限りではおかしなものは見えないですから、何かあるとすればあの起伏の向こう側ってところでしょうか」

緩やかではあるのだが道には多少の凹凸《おうとつ》があり、ある程度の距離《きょり》から先の様子を窺《うかが》うことができなくなっている。

「もしそうやとしたら、ちょうど帝国《ていこく》軍の前線が布陣している辺りなんと違うん？」

グーラの言葉にロレンはもらってきた地図を引っ張り出し、これまで移動してきた距離やら周囲の様子やらを照らし合わせ始める。

その様子を傍らから覗き込んでいたラピスはロレンが結論を出すより先に、それらの情報から現在位置を割り出したのか、かなりはっきりとした口調で断言した。

「そうですね。そろそろ見えてもおかしくないはずです」

「急ぐか？」

これまで全く静かであった状況《じょうきょう》が急に騒《さわ》がしくなり始めたのだとすれば、そこには何らかの理由があるはずであり、しかも帝国軍の前線がすぐそこにあるのだとすれば、それに関連した何かである可能性が非常に高い。

思わず気が急《せ》いてしまうロレンだったのだが、ラピスはそれを制する。

「ロレンさん、考えてもみてください。一軍が見舞《みま》われている何らかの状況に対して私達三人が参戦したところで、現状が著《いちじる》しく変わるようなことはないはずです。つまり、急いでみても意味はあんまりないかと思われます」

「むしろ急いで移動して、何か見落とす可能性の方が高いのと違うんかな」

ラピスの意見に賛同するようなグーラの言葉。

三人のパーティで二人までもが意見を同じくするところを無理に自分の意見を通すような真似もできず、ロレンは急かしかけた足を止めると、これまで同様の速度で前へと歩き出す。

「これはいけませんグーラさん。私としてはできれば引き返したいです」

「うちも同意見やけど、ロレンがうんとはいわないやろ。時間を引き延ばすってのも無理やろうし、仕方ないのと違うん？」

背後で何やらぼそぼそとラピスとグーラが会話する声が聞こえたのだが、その内容も頭に入って来ないほどにロレンの気持ちは急かされていた。

ただ気が急くままに走り出してみたとしても、道の先まではまだだいぶ距離があるはずで、体力を消耗《しょうもう》するだけだろうと思うくらいの冷静さは残しており、疲《つか》れない程度の速度でもってロレンは道を先へと進み続ける。

そしてしばらく進んだロレンが、見えてきた道の先にあった光景を目にしたとき、自然とその足はその場に止まってしまった。

背丈《せたけ》の関係上、ラピスやグーラはロレンのいる位置まで歩いてきたとしても、ロレンが見えているものがまだ見えずにいる。

それでもロレンが足を止めたことで、道の先に何かロレンの足を止めてしまうほどのものがあることは察したらしい。

「ロレンさん？」

「ありゃ……いったい、何だってんだ？」

思わずといった感じでロレンが呟《つぶや》いた言葉に、ラピスは質問をぶつけるよりもこちらの方が早いとばかりにロレンの背中をよじ登り、その肩に腰《こし》を下ろす。

そうすることでロレンよりもさらに高い視点を確保したラピスはロレンの顔が向いている方向へと視線を向け、そこにある光景に言葉を失った。

そこにあるのは、何か赤黒い波だったのだ。

そうとしか形容できない何かがびっしりと地面を覆《おお》い尽くしており、その内側にぽっかりと赤黒いものに覆われていない空間が見える。

目を凝《こ》らしてみれば、まだ無事である空間は簡単な柵や堀《ほり》で覆われているような、所謂《いわゆる》陣地《じんち》であり、その内側には兵士らしき多数の人影《ひとかげ》が、手に持った武器らしきもので押し寄せる赤黒い波に対して抵抗《ていこう》を続けているらしい。

そこまで見て取ったラピスはその陣地へと押し寄せている赤黒い波の正体をその目で見て取って、小さく息を呑《の》んだ。

遠目から見て波に見えるほどにびっしりと陣地を囲んでいる赤黒いそれは、半乾きの血潮をべったりと全身にまとわりつかせた人型の何かだったのである。

武器も持たず、鎧の類《たぐい》も身に着けていない人型のそれは、口なのだろうと思われる頭部にある切れ込みのような場所から、遠くからロレン達が耳にした呻き声のような嗄れ声のような、そんな音を漏《も》らしつつ、急ぐこともなくただ淡々《たんたん》と囲いの中心部にある陣地目がけて前進し続けていたのだ。

すでにその屍《しかばね》は陣地の周囲に高く積み上げられているような形で、迎撃《げいげき》している者達も屍の上に立って戦っているような状態であるのだが、それだけの屍を作りだしていながらも赤黒い人影の前進は止《とど》まることを知らない。

「ゾンビ、じゃないですね。なんでしょうか？　それにしても気味が悪いですがこれだけの数をよく迎撃できてますね」

陣地の大きさに比べて、赤黒い人影が覆い尽くしている地面の面積はとんでもなく広く、それだけの数で陣地に押し寄せたのであれば、一気に押し切られてもおかしくないような状況にしか見えないが、陣地側は柵の内側に人影を入れることなく迎撃し続けられている。

「あいつらなんかおかしいぞ。攻撃《こうげき》されても反撃してねぇ。ただゆっくり前進してるだけじゃねぇか」

それがおそらく、陣地側が防御《ぼうぎょ》し続けられている理由であった。

赤黒い人影はその腕《うで》が届く範囲《はんい》に兵士がいても、まるでお構いなしに攻撃もせず、ただ前へと歩き続けようとするのだ。

その歩みが随分《ずいぶん》ゆっくりであるのと、人影側から攻撃がないことが、ただただ不気味な印象を見る者に与《あた》える。

「あの陣地の内側が帝国軍の前線部隊か」

「たぶんそうでしょう。急ぎ拵《ごしら》えでよくあれだけの陣地を作れたものです」

「で、あの赤黒いのはなんだ？」

「たぶん、フレッシュゴーレムの類なのではないかと」

ゴーレムの素材は様々なものが挙げられる。

有名なところでいうならば、木材や石材、金属が挙げられるのだがその中に生き物の血肉をそのまま素材として使って作るゴーレムというものもあった。

フレッシュゴーレムと呼ばれるこれは、一見するとアンデッドと見間違《みまちが》うような気持ちの悪い外見をしているのだが、立派な魔術《まじゅつ》生成物である。

木材や石材を材料として作られるゴーレムと比べると、力や耐久性《たいきゅうせい》に問題があるのだが、生き物の血肉や骨であれば何を使ってもいいという材料調達の容易《たやす》さに加えて動きもいくらか他のゴーレムより機敏《きびん》であり、見た目のインパクトも強いので戦場で用いられることが多いゴーレムだ。

血肉が腐《くさ》れ果てると動けなくなるという欠点はあるが、短期に運用するのであればいくらでも屍が転がっている戦場においては作りだす手間が非常に少ない。

ゴーレム作製の難易度も低いらしく、それなりの魔術師の数さえ揃えられれば、まとまった運用も不可能ではないといったゴーレムなのだ。

「なんでそんなもんが壁《かべ》みてぇなことしてんだ?」

「そういう命令を受けているんでしょうね」

戦場で運用されることがあるゴーレムなのだから、戦えないわけがない。

多少鈍重《どんじゅう》であったとしても、地面を埋《う》め尽《つ》くすような数を揃えられるのであれば、数の暴力に物をいわせて帝国軍の陣地を蹂躙《じゅうりん》することくらい、わけなくできるはずであった。

それがなされていないのは、単純に作製者が陣地の攻撃を命じておらず、ただ前へ進むようにとしか命令していないから、としか考えられない。

「とにかく、状況について考えるのは後回しにして、この肉壁を突破《とっぱ》して帝国軍と合流しねぇと……」

「これを突破するんですか? 気は進まないですね……」

単純に考えれば、ロレン達の目の前にあるのは死肉の波である。

ただただ前へと進んでいくそれをかきわけて、その向こう側にある陣地へと到達《とうたつ》するのは相当な重労働になるはずであった。

しかも、相手が死肉となればかきわけている最中にいろいろな物が飛び散るはずで、白を基調とした神官服を着ているラピスとしては、近づきたくない集団である。

「グーラさん、ちょっと道を作ってくださいよ」

ロレンの肩に座《すわ》ったままラピスが下を向いてグーラにそんなことをいうと、ラピスとは反対側のロレンの背中をよじ登り、肩の辺りから顔を覗《のぞ》かせたグーラはロレンとラピスが見ていたものを目にして盛大に顔を顰《しか》める。

「無《む》茶《ちゃ》いうわなぁ。いくらうちかて、人の目がある状態でこの肉壁をかきわけるのは大変やってのに」

「とりあえずお前ら。俺の肩やら背中から下りろ」

いくら女性とはいえ二人も背中に貼り付かれたのではロレンとしても身動きがしづらい。振るい落とすような真似はしないまでも、早く下りてくれとばかりにラピスの太ももの辺りを軽く叩《たた》けば、ラピスはするりとロレンの肩から地面へと下り、続いてグーラもロレンの背中から下りた。

「とにかく行くぞ。あれを突《つ》っ切って帝国軍と合流する」

「仕方ありません。グーラさん、先陣《せんじん》切ってください」

「不自然じゃない程度の魔術で吹《ふ》き飛ばすしかないかぁ。手間がかかるわなぁ」

ラピスに促《うなが》されて不満そうな声をグーラが上げる。

そんな二人のやりとりを聞きながらロレンは背中の大剣《たいけん》を抜《ぬ》き放つと、二人がついてきているか確かめることもなく、小走りに帝国軍陣地《ていこくぐんじんち》であろう場所へと殺到《さっとう》している赤黒い波目がけて小走りに移動を開始するのであった。

「〈火炎球《ファイアーボール》〉！」

口火を切ったのはグーラが放った魔術であった。

赤く燃え盛る球がグーラの掌から放たれたかと思うと、一直線に群がるフレッシュゴーレム達の中へ突っ込み、着弾《ちゃくだん》と同時に爆発音《ばくはつおん》と衝撃《しょうげき》を撒《ま》き散らす。

炎《ほのお》と煙《けむり》が高々と上がり、それに巻き込まれたフレッシュゴーレムが数体、体をばらばらに引き裂《さ》かれてただの肉の塊《かたまり》へと返っていく。

周囲にいたゴーレム達も無事では済まない。

中途半端《ちゅうとはんぱ》に破壊《はかい》されたものや、撒き散らかされた炎が体に燃え移り、肉が焼ける臭《にお》いをさせながら倒《たお》れていく個体が出始めるが、それらが欠けた部分にはすぐに別のゴーレムがそこを埋めるように立ちはだかる。

さらにもう一発の〈火炎球《ファイアーボール》〉が同じところに撃《う》ち込まれるが、やはり最初の一発と同じくらいの被害《ひがい》をもたらしただけに止まり、その被害箇所《ひがいかしょ》にまた別のゴーレムがやってきて、開いた穴を埋めていく。

「これ、キリないのと違うん⁉」

三発目の魔術を撃ち込んだところでグーラが泣き言をいいだした。

そもそもが帝国軍陣地を取り囲んでいるゴーレムの総数は万を超《こ》える数のはずで、グーラが魔術を放って十数体を破壊してみたところで、全体からしてみればその被害は微々《びび》たるものでしかない。

それでもやらなければ前へと進むことはできないのだからとロレンが大剣を振るえば、白く光る斬撃の通り過ぎた後で、数体のゴーレムが真横に両断されて地面に倒れていく。

それでもまだ、陣地までの距離は遠い。

背後から強襲《きょうしゅう》される形になっているゴーレム達なのだが、ロレン達の存在など気にも留めていないようで、ただただゆっくり前へと進むことに専念し続けており、さらに数体のゴーレムを切り裂いたロレンは小さく舌打ちをする。

多少なりとも隙間《すきま》が空けば、そこから無理やり前進することも可能ではあったのだろうが、ゴーレム達は倒されたゴーレムが空けた穴をすぐさま別のゴーレムが埋めてしまうので、前へと進むことすらできないのだ。

「本当に肉壁だな、こいつらは！」

「弱ってしまいますね」

答えたラピスの手から白い光の弾《たま》が打ちだされる。

初級の攻撃法術《こうげきほうじゅつ》である〈気弾《フォース》〉をラピスが使用したのだが、その白い弾は一体のゴーレムの頭部を砕《くだ》いただけで、頭を砕かれたゴーレムはそんなことなどなかったかのように歩みを止めることがない。

「ちょっと壊《こわ》したくらいでは活動は止まらないみたいですね」

〈相手が魔術で作られた存在ならっ！〉

ロレンの脳裏《のうり》でシェーナの声が響《ひび》く。

おそらく〈死の王〉の力のエナジードレインを行使したらしく、ゴーレムの動力ともいうべき魔力《まりょく》を吸い取られた個体がばたばたと、外傷もないままに倒れて動かなくなるのだが、それらが欠けた穴もまた、別のゴーレムがすぐに埋めていってしまう。

〈数の暴力ってすごいです〉

「感心している場合じゃねぇよ」

大剣の柄《つか》を逆手に持ち替《か》えると、地面にその切っ先を突き刺《さ》してロレンは叫《さけ》ぶ。

「焼き尽くせ！　フィアンマ・ウンギア！」

ごっそりと体の中から何らかの力が持っていかれるのを感じたロレン。

その握っている大剣の刃《は》から炎が噴《ふ》き出すと、ロレンの前方に群がるゴーレム達目がけてその炎が走る。

グーラが放った魔術よりもさらに強い炎がゴーレム達を覆いつくし、瞬《また》く間《ま》に黒い炭に変えて地面へと転がすのだが、それでも前進するための空間が空かない。

大剣に秘《ひ》められた力を使うために、自らの魔力を消費したロレンは体を襲《おそ》う脱力感《だつりょく》に思わず膝《ひざ》をつきかけたのだが、そこを堪《こら》えると地面から大剣を引き抜き、順手に持ち替えてさらに刃《やいば》を振るう。

「これ、もしかして。押し寄せとるゴーレムのかなりの数を行動不能にせんといかんのと違うん？」

「そうかもしれませんが、ロレンさんが諦《あきら》めない以上はやり続けるしかないですよ」

ラピスが持ってきた荷物の中から小さな瓶《びん》を取り出すと、群がるゴーレム達の頭上へとそれを放《ほう》り投《な》げる。

ラピスを意図を汲《く》んだグーラが空中にある瓶へ〈火炎球《ファイアーボール》〉の魔術を当てると、中に入っていたらしい油に引火して、炎の雨がゴーレム達の頭上へと降り注いでいく。

体に火が付いたゴーレムは、すぐにその活動を停止することはないが、しばらく燃え続けた後でゆっくりとその動きを止め、その場に倒れてしまう。

ただ〈火炎球《ファイアーボール》〉の魔術を撃ち込むよりは広範囲《こうはんい》のゴーレムへ火をつけることに成功したものの、それでも倒せたゴーレムの数は全体から考えればやはり少ないものでしかない。

「あぁくそっ！　うざってぇなっ！　道を空けやがれ！」

風を切って振り下ろされたロレンの大剣がゴーレムの体を捉《とら》えた瞬間に赤い炎を噴き上げる。

それは切られたゴーレムのみならず、その先にいたゴーレム達をも巻き込んで人型の松《たい》明《まつ》と化すのだが、前へ出ようとしたロレンの足は他のゴーレムの体によって阻《はば》まれた。

こうなれば多少強引《ごういん》にでも体を割り込ませ、少しずつ前へ進むしかないかとロレンが考えると、その考えを読んだのかラピスが制止の声を上げる。

「いけませんよロレンさん！　ゴーレムに押し潰《つぶ》されるのが関の山です！」

無数のゴーレムがひしめき合う空間に無理に体をねじ込めば、ゴーレム同士に挟《はさ》まれて押し潰される未来しかなく、いかにロレンの体が大きく頑強《がんきょう》であったとしても、数百数千のゴーレム相手にそれを押し返すだけの力はない。

まるで前へと進むことができない状況に、自分達がやっていることは無駄なのではないかと思い始めたロレンの耳に、かなり遠くからではあったが人の声が微《かす》かに届いた。

「そっちにいるのは誰《だれ》だ!?　援軍《えんぐん》か!?」

どうやらゴーレム達を迎撃している真っ最中である帝国軍兵士がロレン達の存在に気が付いたらしい。

少しでもゴーレムの数を減らさなくてはと大剣を振るいながら、ロレンは声がした方向へ声を張り上げて応じた。

「ユーリ将軍縁《ゆかり》の者だ！」

「将軍の!?　ユーリ将軍は健在だ！　こっちに来られるか!?」

「なんとかする！」

具体的な方法は何一つ思《おも》い浮《う》かばないままにそう答えて、ロレンはさらにゴーレムを切り払《はら》う。

ばたばたと倒れては、空いた空間を別の個体で埋めていくゴーレム達なのだが、自分が倒した分、帝国軍が迎撃するゴーレムの数が減るはずだと考えれば、倒していくこと自体は無駄であるわけがないと自分を奮い立たせて、ロレンは攻撃を続ける。

「外側から誰か来ているぞ！」

「道を開けないのか！　魔術師《まじゅつし》達《たち》は!?」

「最初の迎撃で力尽《ちからつ》きて休憩《きゅうけい》中だよ！　おいそこ！　気をつけないとゴーレム共が……」

誰かの悲鳴が聞こえて、ロレンは顔を歪《ゆが》める。

ゴーレム側から攻撃してこないとはいっても、ひたすら前へと進むゴーレムの波に呑み込まれれば、押し潰されるか踏み潰されるかの未来しかない。

運悪く、誰かが呑み込まれたのだろうがその不運を嘆《なげ》く暇《ひま》もなくゴーレム達は殺到し続けており、帝国軍も必死にそれらを迎撃し続けている。

「くそったれ！　もう後がねぇんだぞ！」

「泣き言を抜かす暇があるなら、一体でも多く倒せ！」

自分達が駆《か》け付けたタイミングはかなりぎりぎりであったらしいとロレンは考える。

そしてそのぎりぎりのタイミングもまた、陣地を守る兵士達が決壊《けっかい》してしまうまで、いくらの時間も残されていないというようなタイミングであったようだ。

「だったら少しばかり無理をしねぇとな」

奥歯《おくば》をぐっと噛《か》みしめて、ロレンは意識を切り替える。

頭のどこかで何かの嵌《はま》るような音がして、手足に込められる力が跳《は》ね上がるのを感じたロレンは唸り声を上げながら目の前の肉壁へと大剣を振るった。

最初の一振《ひとふ》りで数体のゴーレムが両断され、さらに一歩踏み込みながら引き戻《もど》した大剣の刃が、開いた空間を埋めに来たゴーレム達を叩き切る。

「ロレン⁉　無茶やて！」

「こうなったらもう突っ込むしかないですよ！」

グーラとラピスの声を聞きながらロレンはさらに一歩前へと踏み込む。

殺到しようとすぐゴーレム達が強引に振り抜かれた大剣の刃に断《た》たれてバラバラになっていく中をさらにもう一歩前へ。

これまでとは速度も威力《いりょく》も段違《だんちが》いのロレンの攻撃に、ゴーレム達は空いた穴を埋めることすらできないままに切り刻まれていき、切り開かれた空間へさらにロレンが前へと出る。

その後を追うように、ロレンが切り開いた空間を維持《いじ》するかのように炎の壁が二枚並行に地面から吹き上がり、炎が維持している空間をラピスとグーラがロレンを追いかけて走った。

「うちの魔術使用回数、バレたりせんかな？」

「こっそり私が立てたのもありますから、バレても信じてもらえない回数になるんじゃないでしょうか？」

「疑われるやろ⁉」

「こんな混戦で、馬鹿正直《ばかしょうじき》に立てた炎の壁の枚数を数えているような人なんていませんよ、きっと！」

ラピスとグーラの会話が、二人が自分の背後から追いかけてきていることを伝えてくる。

ならば道を切り開き続けるのは自分の仕事だとばかりにロレンはゴーレムの体などそこにはないのではないかと錯覚《さっかく》させるような速度で大剣を振るい続けた。

何回目になるのか、何十回目になるのか分からない攻撃の後で、くらりと意識が揺《ゆ》れるのを感じたロレンなのだが、シェーナがエナジードレインで奪《うば》い取った力をロレンへと注ぎ込み、なんとか意識を繋《つな》ぎ止《と》める。

便利な体になっているものだと心の中で感心しながらもさらに攻撃を続けるロレンの視線の先で、群がるゴーレム達の向こうで手を振る兵士の姿が見えた。

「おぉーいっ！　まさかこれを切り抜けてくるとは……がんばれ！　もう少しだ！」

陣地までの距離はあといくらもないようだった。

しかし、陣地に着いたところで群がっているゴーレム達がいなくなってくれるわけではない。

ならば、今の状態でできるだけゴーレム達の数を減らしておかなければとロレンはさらに手足に力を込め、獣《けもの》のような唸《うな》り声《ごえ》をその喉《のど》から迸《ほとばし》らせる。

その瞬間、ロレンの手に握られている大剣の刃から激しい炎が生じた。

それは轟々《ごうごう》と大気を焼きながら行く手を遮《さえぎ》るゴーレム達へと襲い掛《か》かり、その血肉を焼き尽くすと瞬く間に炭を通り越《こ》して灰へとそれらを変えていく。

「無茶しすぎですロレンさん！」

「聞こえてへんのかもしれんで！　とにかく道は空けたけどなぁ」

確かに無茶しすぎたらしいとロレンは急に襲い掛かってきた脱力感に思わず倒れかけ、両肩《りょうかた》を誰かに支えられ、担《かつ》がれるのを感じていた。

最後の一撃《いちげき》でどの程度のゴーレムを倒せたのか、ロレンには分からない。

だが、帝国軍の陣地までの道はきちんと切り開けたらしいことは、自分の両脇《りょうわき》を抱《かか》えている誰かの足取りからなんとなく分かった。

「おい⁉　本当に抜けて来たぞ！」

「そいつ大丈夫か⁉　怪我《けが》でもしたのか⁉」

「こいつ……おい、将軍に知らせろ！」

「突破口《とっぱこう》が開いたぞ！　魔術師どもを叩き起こせ！」

兵士達のものであろう声が飛び交《か》うのがロレンの耳へと飛び込んでくる。

何かしら乱暴に揺さぶられ、体ごと持ち上げられたりするような感覚がおぼろげながら伝わってくるのだが、ロレンはそれらに反応を示す余裕《よゆう》もなく、そのまま意識を失ってしまうのであった。

第三章　覚醒から捕縛する

どのくらい自分が気を失っていたのか、ロレンは分からなかったのだが意識を失って次にロレンが目を覚ましたときには、すっかり夜になってしまっていた。

頭上を見れば、何かテントらしき物の中にいるようで、骨組みから吊《つ》るされたランタンがその内部を照らし出している。

椅子《いす》の背もたれに体を預けるような形で座らされていたようで、視線を巡《めぐ》らせるとすぐ近くにラピスとグーラが同じく椅子に座り、じっと自分の方を見ているのが見え、さらに視線を巡らせれば、にやにやとした笑いを顔に浮かべているユーリの姿があった。

「久しぶりというほどではないが、お疲れだの」

「別段珍《めずら》しくもねぇだろ」

傭兵《ようへい》時代には戦い疲れて意識を失い、仲間に運ばれるなどということは結構あったように思うロレンである。

それはユーリも同じだったようで、そうかもしれないの、という一言と共に顔から笑いを消すと、真面目《まじめ》な顔でロレン達へと頭を下げた。

「他のお二人には既《すで》に述べたんだがの。改めて礼を言わせてくれ。助かった」

ゴーレム達に包囲されていた帝国軍は、かなり危険な状態であったのだとユーリは語る。

あのまま包囲が続いていれば、確実に守りを抜かれて全滅《ぜんめつ》していたかもしれないと。

しかしながらその包囲の一部を、ロレン達が食い破ったことにより突破口が開け、そこに戦力を集中させることでどうにか脱出《だっしゅつ》することができたのだとユーリはいう。

現在は、動きが鈍《にぶ》いゴーレム達をなんとか振《ふ》り切り、一息つけそうだと踏んだ場所で簡単な陣地を形成し、ロレンはその中に寝《ね》かされていたらしい。

「止《や》めてくれ団長。気持ちが悪ぃ」

やや重さを感じる体に鞭《むち》を打って、ロレンは慌《あわ》てて手を振ってユーリに頭を上げるように促したのだが、ユーリはそれには応じず、しばらく経《た》ってからようやく顔を上げた。

「団長と呼ばれておるときはそれでもよかったんだろうがの。今の私はお前の団長ではないからの。それでも助けられたのであれば、それなりの礼をするものだの」

「俺《おれ》にとっちゃ、今でもあんたは団長だ。それ以上でも以下でもねぇよ」

「無様に団を壊滅《かいめつ》させた団長でも、かの？」

「戦の勝ち負けは時の運だろうが」

「……それが、計算した上での結果だったとしてもかの？」

いくらか躊躇《ためら》うように。

それでもはっきりとユーリが口にした言葉に、ロレンは訝《いぶか》しげな表情を向ける。

こういうときには口を挟んできそうなラピスやグーラは、あらかじめある程度言《い》い含《ふく》められていたのか、黙《だま》ってロレンとユーリのやりとりを見守っていた。

「どういうことだ団長」

「傭兵団の壊滅は私の計画通りだった。団が壊滅したとしても犠《ぎ》牲《せい》は可能な限り少なくするつもりで、それはおおよそ叶《かな》ったとは思うが、それでも不要な犠牲を強《し》いたことは間《ま》違《ちが》いがない、ということだの」

低く抑《おさ》えた声でありながら、淀《よど》みなくそれを口にしたユーリへ、ロレンはしばらく険しい視線を向けていたのだが、やがて椅子に深く腰《こし》掛《か》け直すと自分の方を見つめ続けているユーリへ、平坦《へいたん》な声で尋《たず》ねた。

「そいつを今、なんでまた唐突《とうとつ》に？」

「そこのお嬢《じょう》さんと色々情報交換《こうかん》をしての」

ユーリがラピスを指さす。

「これまでのいきさつ程度のことですが」

無断で情報を漏らした、ということにいくらかの罪悪感でも覚えているのか、やや申し訳なさそうなラピスへロレンは気にするなというように首を振ってみせた。

全く知らない相手にぺらぺらと吹聴《ふいちょう》するような情報でないことは確かなのだが、相手がユーリであるならば、問題ないだろうと考えたのである。

「ちょっとうちの軍の上前をはね過ぎではないかと思ったがの」

「適正価格かと」

どうも帝国軍拠点《ていこくぐんきょてん》が無人になっていた件についての説明と一緒《いっしょ》に、街に残されていた財貨の行く先について、多少ラピスは口を滑《すべ》らせたらしい。

半眼でじっと見つめるユーリから、ぷいと顔を逸《そ》らしながらも答えたその声に乱れはなく、むしろ隣にいるグーラの方が申し訳なさそうな苦笑《くしょう》をみせた。

そこまで考えたロレンはふと、はねた上前の行き先についてラピスがしゃべってしまったのであれば、グーラの素性《すじょう》についてもユーリに漏らしてしまったのではないかと思い当たって口を開きかけたのだが、その表情から何か読み取ったのかグーラがそれを制する。

「あかんてロレン。いうても無駄や。このおっさん、うちらのこと知っとったからな」

「邪神《じゃしん》のことを？」

多少の情報ならば、ユーリがそれを知っていてもおかしくはない。

何せロレン達は冒険者《ぼうけんしゃ》ギルドにある程度の報告を上げており、その情報が流布《るふ》されていたとしてもおかしくはなく、ユーリはそのような情報を集められる立場にある。

しかし、グーラが続けた言葉はロレンが予想だにしていない言葉であった。

「せや。それもロレン達が冒険者ギルドに報告しとるような情報やない。なんでそないなこと知っとるんってとこまでや」

疑わしげな視線を向けたグーラに対して、今度はユーリがそっぽを向いた。

グーラ達《たち》邪神はそもそもが、古代王国と呼ばれる巨大《きょだい》な国が存在していた頃《ころ》にその国に属している技術者達の手によって創《つく》り出された存在である。

そんな存在に関しての知識を、元々傭兵団の団長でしかなかったユーリが驚くほどに知っていると聞かされれば、先の独白と併《あわ》せてロレンとしてもユーリを問い質《ただ》さずにはいられない状況になった。

「説明してくれんだろうな、団長」

「先にそこのお嬢さんにも説明を求められたが、時期尚早《じきしょうそう》と思って勢いで誤魔化《ごまか》して逃《に》げてみたんだがの。これまでの経緯《けいい》を聞かされれば、私から何も説明せんというわけにもいかんだろうの」

「なんでまた、団を壊滅に追い込んだ？」

ロレンの声に殺気が籠《こも》る。

返答次第《しだい》によってはただでは済まさないというロレンの覚悟《かくご》が伝わったのか、ユーリは目を細め、自分を睨《にら》むロレンの顔を見つめた。

その表情に、迷いや臆《おく》したような雰囲気《ふんいき》はない。

もしかすればここでロレンが大剣を抜き放つようなことになるのではないか、と思ってしまったラピスの視線は、自然とロレンの肩《かた》へと向いたのだがそこにいつもの大剣はなかった。

くるりと周囲を見回せば、ロレンを椅子に座らせるために邪魔《じゃま》だったのか、布で巻かれた大剣はテントの骨組みの一つに立てかけられており、よくこんな大質量の剣を立てかけられて骨組みが無事なものだと感心しつつ、ラピスはそっと椅子の位置を変えてロレンと大剣との間に体を割り込ませる。

事の次第はロレンの意識が戻ってから、というユーリの言葉にラピスは現状、ユーリの考えを聞いているわけではなかったのだが、その考えがどうであれ、ロレンにユーリを切らせることは避《さ》けなければ、と思っての行動であった。

「それはの。ちと厄介《やっかい》な相手に目をつけられてしまったせいでの」

元々は、ユーリが金で雇《やと》った冒険者崩《ぼうけんしゃくず》れを率いて戦場で戦ったことが発端《ほったん》であった。

それが戦場で戦功をあげ、名前が売れ始め、ユーリの下で戦いたいという冒険者や傭兵が集まってできたのが、ロレンが所属していた傭兵団である。

ロレンが傭兵団に傭兵として拾われる前から、ユーリはロレンを養育していた。

傭兵という生業《なりわい》を選んだのは、ユーリ自身がそれくらいしかできないだろうと考えていたせいである。

「そのまま傭兵稼業《かぎょう》を続けられていれば、よかったんだがの」

傭兵団として名前が売れるということは、その名が広く知られるということである。

それは名前を知られたくない誰かにも、情報が届くということであり、ユーリは自分の名前を知られたくない誰かに、名前を知られてしまったらしい。

「まさか生きていたとは、思わなかったんだがの」

「誰だそいつは」

ユーリほどの人物が、名前を知られたくない相手と聞かされればその相手の名前に注意が向いてしまう。

尋ねたロレンへユーリは一瞬《いっしゅん》、口ごもるような気配を見せたのだが、すぐに気を取り直したのかその口から、答えの人物の名前をいった。

「お前も既に出会っておるだろ。マグナ……だ」

何か言いかけて口を噤《つぐ》むようなユーリのいい方に疑問を抱《いだ》く前に、その口から出てきた名前にロレンは驚《おどろ》きを覚える。

まさかこの話の中でユーリの口から聞くことになるとは思いもしていなかった黒い剣士《けんし》の名前。

「あいつが？」

その名前が出てきたことに驚くロレンへユーリはさらに話を続ける。

傭兵団が大きくなるにつれて広まるユーリの名前を聞いたマグナは、少しずつではあったのだが傭兵団に探《さぐ》りを入れ始めてきた。

そのことに気が付いたユーリは、このまま傭兵団を存続させ続けていればいずれマグナの介入《かいにゅう》を受けることになると考え、傭兵団を戦場で壊滅させることを考えたのだと話す。

「ちょっと待ってくれ。あいつが介入してきただけで⁉　そんな理由で団長は団を潰したってのか⁉」

確かにマグナという人物はロレンから見てかなり強力な存在ではある。

しかしながらあのマグナにユーリが、自分の存在を知られそうになったというだけの理由で傭兵団を壊滅させたというのは、どうにも納得《なっとく》のいかない話であった。

「あぁ、そうだ。あの方にだけは知られてはならなかったのだ」

「あの方?」

ユーリのマグナへの呼び方に眉《まゆ》を寄せたロレンだったが、そんなロレンの様子に気が付かないかのように、ユーリは呟《つぶや》くような声で続ける。

「まさかあの方が生きていようとは思わなかった……終わっていたはずだったのだ。しかしあの方は生きていた。なんという不幸であることか……」

「団長?」

「知られてはならないと私は思った。このまま傭兵稼業を続けていれば、必ずあの方は辿《たど》り着いてしまう。そう思ったからこそ私は……一見勝《か》ち戦《いくさ》に見えて、実際はやる前から負けることが分かっていたあの戦いに参加することに決めたのだ」

「自分の保身のために、団の奴《やつ》らを犠牲にしたってのか!」

ロレンの声が自然と荒《あら》くなる。

マグナとユーリの間に何があったのかをロレンは知らない。

しかし、マグナに知られないためだけにユーリが傭兵団を犠牲にしたというのであれば、いかに恩義のあるユーリといえどもロレンは許せる気がしなかった。

思わず肩の、いつも大剣の柄がある場所へと手が伸《の》び、そこに今は何もないことに気付いたロレンへ、ユーリは意外なことをいう。

「この身だけであれば、問題はなかったんだがの」

「なんだと？」

「私の存在だけならば、知られたところでどうということもなかった。おそらくあの方は私に自分の下につくよう要求してくることになったのだろうが、改めてあの方の意に従う気は毛頭なかったし、それで殺されても大した問題ではないからの」

「殺されてもって……だったら何を奴に知られたくなかったってんだ？」

マグナに何故《なぜ》ユーリが殺されるようなことになるのかという疑問を感じはしたものの、そんなことなど全く問題ではないと語るユーリにロレンは気圧《けお》されるものを感じながらもそう聞かずにはいられなかった。

自分の死すら問題ではなく、それまで戦ってきた仲間を見捨てることすら厭《いと》わずにユーリはいったいマグナの目から何を隠《かく》したかったというのか。

「お前だよ、ロレン。お前のことだ」

最初ロレンはユーリが何を口にしたのか、まるで理解ができなかった。

しかしその言葉をゆっくりとだが理解し始めると、何故そうなったのかという疑問が湧《わ》いてきて、頭に上りかけていた血が急に冷めるのをロレンは感じる。

「俺、だと？」

「あぁそうだロレン。お前のことだ。お前の存在だけは、絶対にあの方に知られてはならない。そう思ったからこそ私は、私の傭兵団を潰し、お前の行方《ゆくえ》をくらませることを計画し、実行に移した」

そのためならば誰に恨《うら》まれようとも構いはしないという強い意志が籠ったユーリの視線。

その視線に見つめられ、返す言葉を失ったロレンはただただ茫然《ぼうぜん》とユーリの顔を見ることしかできなかったのである。

「結局俺はどこの誰だってんだ？」

受けた衝撃から立ち直り、まずロレンが考えたのはそのことであった。

マグナが捜《さが》しており、見つかればただでは済まず、そのことに関してユーリが自分が立ち上げた傭兵団を潰してでも隠しておきたかった存在となれば、いくらなんでもただの傭兵という名乗りが通用するとはロレンも思えない。

しかしだからといって、何かしら特別な心当たりがあるのかと自問してみても、欠片《かけら》ほどの心当たりもないロレンである。

「大体俺、既にそのマグナとは何度も面《つら》を合わせてんだぞ？　そりゃかなりウザがられてる自覚はあるが、大事になるような気配なんざ微塵《みじん》もねぇんだが」

ユーリが恐《おそ》れるほどにロレンのことをマグナに会わせたくないと思っていたのであれば、既に手遅《ておく》れにも程があるとロレンは思う。

だが、ロレンの顔を見ているマグナはロレンのことを知らないようであり、ユーリが心配するようなことは、今のところ何一つとして起きていない。

「それはの。あちらはお前の顔を知らんだろうからの」

しれっといわれたユーリの一言に、ロレン達《たち》三人の顔がぽかんとしたものになる。

そこへ畳《たた》み掛けるようにユーリはとんでもないことをいいだした。

「ついでに名前も知らんだろうの。面識がまるでないわけではないのだが、あちらがロレンと会ったのは、ロレンが乳飲み子《ちのみご》のときだからの」

「ロレンが乳飲み子？　あぁすまん、ロレンも人間やったな。そりゃ乳飲み子の時分くらいあって当然やな。想像は全くつかんけど」

酷《ひど》く失礼なことをいいながら、ひらひらと手を振ったグーラの脇腹《わきばら》に、ロレンが無言で拳《こぶし》を突き入れる。

強打されれば呼吸が一時的にでも止まりかねない部分を文字通り強打されて、グーラが体を二つに折りながら椅子の上で悶絶《もんぜつ》し始めた。

「失礼ながらその状態で、どうやって先方はロレンさんを捜すんでしょうか？　もう見たら分かるとか出会えば分かるといったレベルではないと思うのですが」

悶《もだ》えるグーラを放置して、ラピスはユーリに問いかける。

名前も容姿も分からず、出会ってもそれと気づかないのであれば、ユーリの心配は杞憂《きゆう》ではないのかとラピスには思えたのだ。

しかしそんなラピスの問いかけに、ユーリは重々しく首を横に振る。

「確かめれば分かるんだの。幸運なことに、相手はロレンをそれと認識《にんしき》しておらんから、確かめもせんかったのだろうが、私との関係が明るみに出れば、すぐに確かめようとするはずだの」

「その方法は？」

ラピスに問われて、ユーリは懐《ふところ》から一振りの短剣《たんけん》を取り出す。

見た目は質素でどこにでもあるような代物《しろもの》ではあるのだが、その鞘《さや》には精巧《せいこう》な彫刻《ちょうこく》が施《ほどこ》されており、柄の部分には種類は分からないが黄色い宝石が一つ、柄頭の部分に嵌《は》め込まれている。

「魔術《まじゅつ》工芸品ですね。それも相当に古い。古代王国期の物ですか？」

「物はこれに限らなくてもいい。一定の水準を満たした魔術工芸品であれば、何を使っても判別がつくからの」

そう答えながらユーリは短剣を鞘から引き抜《ぬ》く。

片刃《かたは》で反身《そりみ》の刀身が、テントの中の明かりを受けて濡《ぬ》れたような光を放った。

「これは護身用の短剣での。その一定水準というのを満たした物だ。売ればそうさな……金貨三十枚くらいにはなるかの」

ユーリが提示した金額に、ラピスとロレンが同時に目を見張る。

見た目の地味さからは想像もつかない大金は、一時期ロレンがラピスに借金していた金額に等しく、つまりはそうそう右から左へ出せるような金額ではなかったからだ。

「機能よりは骨董品《こっとうひん》としての価値の方が高いんだがの。機能の方は大したことはない。柄を握《にぎ》って魔力を流すと刀身に雷撃《らいげき》が生じるというだけだ」

そう説明しながらユーリは短剣の柄を握り、切っ先を上に向けて見やすいように少しばかり前へと差し出した。

途端《とたん》に、バチバチと音を立てながらその刀身から雷撃が生じ、少しばかり身を引くロレン達の反応に満足したかのように笑うユーリは刀身から雷撃を消し去ると、柄を握っていた手を離《はな》し、刀身の方を摘《つ》まんでグーラの方へと差し出す。

「なんや?」

「使ってみてくれるかの？」

何かを疑うようなグーラに、ユーリは目を細めながらそう告げた。

いわれたグーラは差し出されている柄と、ユーリの顔とを交互《こうご》に見比べながら、しばらく迷うような素振《そぶ》りを見せていたのだが、やがて何もしないのでは話が進みそうにないとでも思ったのか、差し出されている柄《つか》を手に握る。

グーラがしっかりと柄を握ったのを見て、ユーリは摘まんでいた刀身からそっと指を離したのだが、次の瞬間《しゅんかん》、目が眩《くら》むような閃光《せんこう》が走った。

「ふぎゃっ⁉」

グーラの口から悲鳴が迸ると同時に、その手に握られていた短剣が宙を舞《ま》った。

くるくると回転しながら飛んだそれを、ユーリが器用に素早《すばや》く受け止めて鞘へと戻すのを見てから、ロレンは傍《かたわ》らに座《すわ》っていたグーラの方を見る。

あろうことかグーラは白目を剥《む》いた状態で椅子の上に仰《の》け反《ぞ》っていた。

体のあちこちからは白く細い煙《けむり》が立ち上っており、どこか焦《こ》げたのではないかと思わせる臭《にお》いが漂《ただよ》い始めている。

「短剣の所有者は私での。これを変更《へんこう》しないままに私の手が触《ふ》れていないこれに触《さわ》ると、盗難《とうなん》防止機能が働くんだの」

「お、おい……こら、ジジイ……おのれは……」

息も絶え絶えといった様子ではあるものの、相変わらず体のあちこちから白い煙を上げながらグーラが声を絞《しぼ》り出した。

それでどうやら絶命はしていなかったようだと判別できたロレンなのだが、邪神であるグーラがここまでのダメージを受けるような盗難防止機能なのであれば、普通《ふつう》の人間なら即死《そくし》するくらいの威力があったのではないかと慄《おのの》く。

「で、これを。今度はロレンに握ってもらう」

「殺す気か⁉」

「お前が死ぬようなことを私がするわけがなかろうが」

呆《あき》れたような口調でそう答えたユーリなのだが、今しがたグーラが受けたダメージを目《ま》の当たりにしたロレンとしては、そんなことにはならないというユーリの言葉を今一つ信用しきれない。

もしかすれば、死なないまでも行動不能になるくらいのダメージを、相手を判別して与《あた》えるような機能かもしれないのだ。

その場合、確かにロレンは死なないかもしれないが、グーラと似たような状態になるわけで、それは御免蒙《ごめんこうむ》りたいロレンである。

「ほれ、さっさと握らんか」

再び短剣を抜き放ち、刀身を摘まんでロレンの方へとユーリは柄を差し出して揺らす。

揺れる柄を見ながらロレンはいちおう確認《かくにん》のためにユーリに聞いてみた。

「マグナに会わせたくねぇからってここで始末する算段じゃねぇだろうな」

「信用ないのぉ……もし私がそんなことを考えるような人間だったのならば、お前が乳飲み子だった頃にそうしていただろうが」

それもそうかと思いながらも一抹《いちまつ》の不安を消し去ることができないままに、ロレンはユーリが差し出してきた短剣の柄を握った。

同時にユーリが刀身から指を放し、ロレンは思わず次の瞬間に来るかもしれない衝撃《しょうげき》に目を瞑《つぶ》ってしまったのだが、いつまで経っても柄を握る手から痺《しび》れるような感覚は襲《おそ》って来ず、おそるおそる目を開いたロレンは自分の手の中にあって何事も起こしていない短剣をまじまじと眺《なが》める。

「盗難防止機能が働いていてはいない？」

「所有者権限の上に、上位者の設定がされているんだの」

ユーリの説明に、ラピスは思い当たる節があった。

古代王国の遺跡《いせき》において、他の者が通ったときには反応し作動した罠《わな》が、ロレンがそこを通った場合は作動しなかった、ということが以前にあったのである。

そのときは原因についてはよく分からないままにしていたのだが、今目の前で実験として見せられ、ユーリの説明を受けた後ならば、ロレンが罠に引っかからなかった理由が分かった。

罠というものは望まれない者の侵入《しんにゅう》を防ぐためにあり、そこを通る権利を有する者を止めるようにはできていない。

つまりは上位者の存在が設定されており、それにロレンが該当《がいとう》したということだ。

「ですがそうなると、古代王国期にロレンさんの存在が上位者として設定されていたということになりますが……ロレンさん、実はものすごい年齢《ねんれい》？」

古代王国として伝わっているヌーナ魔術王国は数百年前に滅《ほろ》んだ国である。

そんな国があった時代にロレンの存在があったのだとすれば、見た目はともかくとしてロレンが人間であるとは到底《とうてい》考えられない。

「んなわきゃねぇ……と思うが」

否定しつつもロレンの歯切れは悪い。

何せ今一つ自分の出自に関しては、よく分かっていないロレンである。

実は、という可能性を完全に否定しきれない状態ではどうしても言葉が濁《にご》ってしまう。

「ロレンは人間だの。そこは私が保証しよう。年齢も見た目通りだの」

「見た目から判断するのはなかなか難しい気がするんですが、それはともかく。そうであるならばロレンさんはいったいどのような素性の方なんですか？」

いくらか視線を険しくし、問いかけるラピスに対してユーリはラピスやロレンと視線を合わせないようにしながら、顔を俯《うつむ》かせた。

「それは、私の口からは言えん」

「ここまで話しておいてそれはねぇだろ」

問い詰《つ》めようとするロレンを視線で制して、ユーリはさらに続けた。

「知らないのではない、言えんのだ。私は私の口からそれを伝えないことを誓《ちか》っておる。推測するのに容易《たやす》いだろうと思われる情報は流した。だが、決定的な一言だけは絶対に私の口からは言えないのだ」

もしかしたら、というレベルまでの推測はこれまでの情報だけで可能だろうとラピスは考える。

だがどうしても、最後の一押《ひとお》しができない。

それは全《すべ》て知っているらしいユーリが、そうだと肯定《こうてい》しない限りは全てが推測の域を出ないからである。

罠や道具についてのことも、たまたま何らかの要素が重なり合ってロレンにだけ反応しないのかもしれないのだ。

その事実だけで真実を見出《みいだ》すことはできない。

マグナの側も同じことなのではないか、とも思われたがそれについてはユーリの傍《そば》にロレンがいることに加えて、マグナ自身が持っている何らかの情報が加わることで、確定した事項《じこう》になるのではないかとラピスは考えた。

「いずれにしろ、私が提示できる情報はここまでだの。どうしても私の口から情報を引き出したいと考えるならば、一つだけ方法がある」

「拷問《ごうもん》なら、お任せください」

「ロレン……物騒《ぶっそう》なおなごを傍らに置いておるんだの」

どこからともなく小刀や、ドリルといった物騒な小物を取り出してきたラピスを恐れるような視線で見ながらユーリがいえば、ロレンはそれらの小物を手にしたままユーリの方へ近寄ろうと立ち上がりかけたラピスを椅子へと引き戻《もど》す。

「方法ってのはなんだ？」

咳払《せきばら》いを一つして、改めて問いかけるロレンへユーリはその方法を告げた。

「お前が、お前の名で私に命じることだの。それが叶《かな》えば私は私の持つ全てを、お前に開示せねばならん」

「ロレン、ではねぇってことだよな」

「それは一部でしかないの」

ロレンという名前の他にもっといろいろと名前があるのだとすれば、実は自分はどこかいいとこの生まれなのだろうかとロレンは手の中にある短剣を弄《もてあそ》びながら考える。

ユーリから流された情報からしておそらくそれは正しいのであろうが、仮にそうだとして、その推測を確定へと変える必要がどれだけあるだろうかと、ロレンは雷撃のダメージから復帰したグーラがユーリに食《く》って掛かるのを見ながら思うのであった。


「さて、どうしたもんかな」

答えが返ってくることを期待せず、ロレンは呟く。

場所は変わっていないのだが、そこにユーリの姿はない。

説明するだけしてしまうと、ユーリは他にすることがあるからとその場を辞していたのだ。

無理はない、とロレンは思う。

何せ未《いま》だに自分達がいる場所は敵地のままであり、鈍足《どんそく》ではあるのだろうが追っ手もかかっているはずで、一軍を率いているユーリにはしなければならないことが山のように待っているはずだからである。

それ故《ゆえ》にテントの中に残されたのはロレン達だけになっていたのだが、聞かされた話にいくらかの衝撃を受けたロレンはまだ椅子の上に座っており、近くにいたグーラはいつの間にやら椅子の上ですやすやと寝《ね》息《いき》を立て始めていた。

唯一《ゆいいつ》、ラピスだけがてきぱきと、寝床《ねどこ》の準備を始めていたりする。

「それはロレンさんがどうしたいかによるんじゃないでしょうか?」

作業をしながらでも、ロレンの呟きはラピスの耳に届いていたらしく、手を休めることもロレンの方を見るようなこともないままに、ラピスが答えを返してきた。

「大体ロレンさんのことですから、方針くらいは決まっているんじゃないんですか?」

済ました顔のラピスにそう告げられて、ロレンは頭をかく。

確かに全くなんの方針も考えていないわけではなかった。

とはいっても、選択肢《せんたくし》としては二つしか目の前に存在していない。

ここで帰るか、先に進むかである。

傭兵として考えるのであれば、危険なことが分かっているこの先にわざわざ進むメリットは非常に少ないとしか思えなかった。

自分の生い立ちに関しては、はっきりさせたところでいいことがあるわけでもない。

ユーリ曰《いわ》く、ロレンの本名を探し当てて、その名前によって命ずればユーリがしゃべらないと心に決めている部分まで話させることができるのだから、無理に先へ進まずに自分の本名について考えてみるという方法は悪くないように思える。

しかしながらその場合、マグナが自分を何故捜しているのかという点について分かったとしても、マグナとの関係が切れるわけではない。

単にユーリがマグナをロレンに会わせたくなかった理由が分かるだけなのだ。

ならば道の先にマグナが間違いなくいるのであれば、ここから更《さら》に先へと進み、マグナと対峙《たいじ》することで、もしかすれば問題が根本から解決するかもしれない。

しかしこちらはこちらで、ユーリが傭兵団を壊滅させてまで会わせたくなかった相手に顔を合わせなければならないという危険性がついてまわり、最悪の場合、自分がマグナが捜している人物その人であることが相手に知られた時点で状況《じょうきょう》が詰むようなことにもなりかねないのだ。

結局、どちらの選択肢も問題を抱《かか》えており、しかもどちらの選択肢がよりましであるのかという判断材料が手元にない以上、ラピスが言う通り、ロレン自身がどうしたいかという考えにこれからの行動を委《ゆだ》ねるしかない。

「俺についてはその通りだが……」

「進むにしろ、引くにしろ。私はついていきますよ？」

ロレン自身の生い立ちに関して行動するのに、ラピスやグーラは無関係だろうとロレンは考えている。

その無関係な話にわざわざ、危険だと分かっていて首を突っ込むこともないだろうにと考えていたのだが、ラピスはそうすることが当然であるかのようにロレンが何かを言う前にそう告げてきた。

「借金の件か？」

ロレンは魔族《まぞく》の長である大魔王《だいまおう》に、とんでもない金額の借金を負っている。

それを返し終えるまで、行動を共にするというのがラピスの立場であった。

ならばこの場合も、それを盾《たて》にして同行を主張するだろうことは分かりきっていたのだが、ロレンとしては完全に個人的な問題であり、そこに他者を関係させることは好ましいとは思えなかったのだ。

「それも確かに一つの理由ではありますが。これまで一緒に行動してきましたのに、ここから先は蚊帳《かや》の外というのはあまりに酷い話だと思いません？」

「かもしれねぇが、危ねぇんだぞ？　これまでそんな風にゃ見えなかったが、あのマグナって野郎《やろう》は団長が団を捨ててまで俺を係《かか》わり合いにさせたくなかった相手なんだからな」

これまで何もなかったのは、幸運だったのだろうとロレンは思う。

ただその幸運というものはいつまでも続くものではない。

しかも今回は、危険だということを自覚した上でのことである。

その危険性はこれまでの比ではないとロレンは考えていた。

「まぁそのようなことだと、ユーリさんの説明から理解はしました」

ロレンの言葉にそう答えながら、ラピスはテントの中に寝床を作っている。

寝床といっても、適当に布を何枚か敷《し》き詰めてその上に寝袋《ねぶくろ》を置くだけの代物だ。

いつ、敵の追撃《ついげき》があるか分からない現状ではあまりきちんとした物を作るわけにはいかず、すぐに片付けられるか、或《ある》いはいつでも廃棄《はいき》できるような代物しか用意できないわけだが、ロレンからしてみれば寝袋の下に布が敷かれているだけで寝心地《ねごこち》は相当違《ちが》う。

その布をさらに寝心地がいいような具合に整えながら、ラピスはロレンに対してこう尋ねてきた。

「でも、私と比べてどうなんです？」

真面目《まじめ》な顔でそう言い放ったラピスに、ロレンは言葉を返そうとして詰まった。

確かにマグナは、あのユーリがあれほど警戒《けいかい》するほどに危険な存在であることは間違いないはずである。

しかし、自分の近くに常にいるラピスは、この大陸で忌《い》み嫌《きら》われている魔族にして、その母親は魔王であり、しかもその上の存在である大魔王とも知り合いなのだ。

危険度、という要素で単純に考えるなら、人の身ではとてもではないが比肩《ひけん》しうることができない程《ほど》に危険な存在と言えるのではないだろうか。

そう思ってはみたものの、流石《さすが》に当の本人を目の前にして思ったことをそのまま口にするほど、ロレンも迂闊《うかつ》な性格ではない。

「そりゃ……そうだなぁ……」

「そもそもロレンさんは考えることがズレているんですよ。ここで考えなければならないことはマグナさんの危険度についてではありません」

ぽんぽんと、自分で敷いた布を叩《たた》きながらいうラピスにロレンは首を傾《かし》げる。

危険度についてラピスと比較せずに考えたことに関しては少々考えが足りなかったかもしれないのだが、考える点がズレていると言われれば、では何について考えるのが現状正しいのかという疑問が湧く。

「ここで考えなければならないのは、いかに人目のない状況でマグナさんと遭遇《そうぐう》するか、ということの一点だけです」

〈その通りですよ、お兄さん！〉

何やら邪悪《じゃあく》に見える笑《え》みを顔に浮《う》かべ始めたラピスの言葉に、シェーナがロレンの頭の中で同意を示した。

二人、と形容していいものかどうか判断に迷う相手ではあるのだが、とにかくラピスとシェーナが何を言い出すのかと思うロレンへ、畳み掛《か》けるようにシェーナが言う。

〈人目さえなければ、〈死の王〉の権能を十全に発揮できるのですから、お兄さんの身を守るくらいならなんとかなるんです！〉

「人目さえなければ、後顧《こうこ》の憂《うれ》いを断《た》つためにもこの私が。割と真面目にマグナさんを始末して差し上げます。ええ、私達の道中にそういう邪魔な存在はいらないんです」

頭の中と目の前で、非常に物騒な台詞《せりふ》を吐《は》き始めたシェーナとラピスに、やや引き気味になりつつもロレンは声に出して聞いてみる。

「今までそういう対応じゃなかったんじゃねぇか？」

「ユーリさんのお話を聞くまでは、ロレンさんに対応をお任せしてもよいかなって考えていたんですけどね」

不穏《ふおん》な気配を感じたのか、グーラが目を擦《こす》りながら椅子《いす》の背もたれから体を起こし、寝床の準備をしているラピスを見て、顔を引き攣《つ》らせつつ体を引こうとして椅子ごと後ろへ倒《たお》れていく。

後頭部を強打してのたうち回るグーラの方を見ようともせずに、ラピスは据《す》わった目つきで口《くち》の端《はし》を歪《ゆが》める。

「あちらが存在している限り、ロレンさんに安寧《あんねい》が訪《おとず》れないのだとすれば、私がしなければならないことはただ一つです」

「念《ねん》の為《ため》、その一つとやらを聞いても構わねぇか？」

尋《たず》ねながらロレンはテントの外が少し騒《さわ》がしくなったことに気がついた。

兵士達がざわつき始めているのは、おそらくテントの中でラピスが醸《かも》し出している気配に気付いた者がいるからなのであろうが、そんなことには気が付かないかのようにラピスは軽く拳を握りながらロレンの質問に答える。

「殲滅《せんめつ》あるのみです」

「こりゃたとえばなんだが。ことが終わったらお前やらお前の母親やらの希望をかなえてやるから、今回はちっと大人しく引いてくれ、って言ったらどうするよ？」

やる気充分《じゅうぶん》なラピスに水を差すようにロレンは尋ねる。

できればラピスには魔族としての力を、あまり発揮してほしいとロレンは思っていない。

確かにそれは現状に関しては有効な手段だと思われるのだが、どこからか話が漏《も》れて、ラピスの正体が知れ渡《わた》るようなことになれば、非常に申し訳なく思うからだ。

個人的な事情に関《かか》わらせたせいで、ラピスが冒険者《ぼうけんしゃ》として人族の領域で活動できなくなってしまったりすれば、ロレンからすれば取り返しのつかないことになる。

だからこそラピスが飛びついてきそうな条件をちらつかせてみたのだが、ラピスはきょとんとした顔でロレンを見ると、鼻で笑いながらそっと肩を竦《すく》めた。

「ロレンさんの言葉を疑うわけじゃないんですが、そんな条件を提示した人って、大体ことが終わる頃《ころ》には死んでますよね」

「あー……」

「私もまだまだ冒険者として活動したいですからね。絶対にバレないという確信が持てない限りは無茶《むちゃ》はしませんよ」

ロレンを安心させようというのか、これまでの不穏当《ふおんとう》な気配を消して笑いかけてくるラピスではあったのだが、その言葉の真意をロレンは正確に理解していた。

つまりは、バレないと確信した時点で自重しないし無茶もする、と宣言しているわけである。

王国領内に入ってから、領民の姿をロレンは見ていない。

帝国軍《ていこく》もこんな状況では、王国深くまで進軍するのを躊躇《ためら》うはずであり、結果としてロレンがここから先へと進もうとするならば、人の目はなくなる傾向《けいこう》にあるはずである。

そうなれば、ラピスが自重しなくなるというならば、心が休まるはずなどなかった。

「それはともかく、とりあえずは寝《ね》ましょう。色々ありすぎて疲《つか》れているでしょうし、疲れは判断力を鈍《にぶ》らせますからね」

「なぁラピスちゃん。その……一つ聞きたいんやけど、用意してある寝床な。えぇっと……うちの目がおかしくなってないんなら一つしかないいんやない？」

ぽんぽんと用意したての寝袋を叩くラピスへ、グーラが躊躇いがちに尋ねる。

尋ねられたラピスは、さも当然であるかのような口調で答えた。

「はい。だって一つしか用意していませんから」

「うちの分は用意してくれへんと思うとったけど、ロレンの分は？」

どこか諦観《ていかん》を漂わせながらのグーラに、ラピスは真面目な顔で応じた。

「今回ロレンさんはきっと心に大きな衝撃を受けたはずです。これを癒《いや》して差し上げるには、是非《ぜひ》……じゃなかった。えーと……とにかく私と同衾《どうきん》して、優《やさ》しく癒して……ってロレンさん!?　どうしてテントの端《はし》っこで地面に直で寝ようとしているんです!?」

「ニグ、あれちょっとなんとかしてくれ」

ごろりと地面に横になりながら、ロレンが自分の肩口《かたぐち》へと囁《ささや》きかけると、そこにしがみ付いていたニグがくるりとその腹部をグーラやラピスの方向へと向けた。

「ちょ!?　うちも!?」

「ロレンさん!?　それはあんまりじゃないです!?」

非難の声が聞こえたが、ロレンは気にせずに背中を向けて目を瞑る。

肩口でニグが糸を吐き出す気配がし、ラピスやグーラの罵声《ばせい》や怒声《どせい》が聞こえてきたりしたのだが、それを努めて無視し、ロレンは苦笑《くしょう》するシェーナの思念を感じながら眠《ねむ》りへと落ちたのであった。

第四章　脱走から遭遇する

翌日、日も明けやらぬうちに目を覚ましたロレンが見たものは、テントの中その存在感をこれでもかとばかりに主張している真っ白な二つの繭《まゆ》であった。

よくもこれだけのものをと思いながら、肩《かた》にしがみついているニグを見れば、微動《びどう》だにしないその姿から起きているのか眠っているのかいまいち分からない。

無理に起こすこともないだろうと考えて、ロレンが繭の一つに耳を近づけてみると、びっしりと糸が巻かれているように見えながらもいくらか隙間《すきま》があるのか、微《かす》かにだが寝息のようなものが聞こえて、中にいる誰《だれ》かが死んではいないことを外へと伝えている。

「どうすんだこれ？」

確かに眠りに入る前、ニグにラピスとグーラをなんとかしてくれと頼《たの》んだ記憶《きおく》はちゃんとあるロレンなのだが、まさかここまでしっかりと梱包《こんぽう》してくれるとは思っておらず、刃《は》物《もの》か何かで切り開くにしても中に入っている誰かを傷つけそうで怖《こわ》い。

手を出しあぐねているロレンが腕《うで》を組みながら繭を見下ろしていると、気配でロレンが目覚めたことを知ったのか、肩にしがみついているニグがごそごそと動き出した。

「なぁこれ、なんとかならねぇか？」

蒴を指さしながらロレンがニグへと尋ねると、ニグはロレンの肩から蒴の上へといきなり飛び降り、その前脚《まえあし》の先を蒴へ突《つ》き刺《さ》し始める。

その作業をロレンが見守っていると、ニグは器用に前脚や牙《きば》を使いながら自分で作った蒴に切れ目を入れ始め、やがてその切れ目がある程度の長さまで到達《とうたつ》すると、その切れ目を押《お》し開けるようにしてラピスが上半身を起こして姿を現した。

「朝ですか？」

「ちっと早ぇがな。どうだ気分は？」

「まぁまぁの眠りでした。いいですねニグさんの蒴ベッド。ちょっと息苦しいのと多少べたべたするという難点がありますが、静かで温かく、そこそこにふわふわです」

地べたに直接寝転《ねころ》がっていたロレンは、冷たい地面に長く体を触れさせていたせいなのか、体のあちこちが凝《こ》り固《かた》まっているような感覚に襲われており、血の巡《めぐ》りをよくするために腕や首を回したりしていたのだが、ラピスの感想を聞く限りは自分もニグに巻いてもらっておけばよかっただろうかと思ってしまった。

ただ息苦しいというのが心配なのと、何かあったときには即座《そくざ》に対応することができそうにないので、諦《あきら》めるべきかとも同時に思う。

ラピスが裂《さ》け目《め》から立ち上がりながら、体や衣服についてしまったニグの糸を外している間に、ニグはもう一つの繭へと飛び移るとラピスが入っていた繭にしたのと同じ手順でそちらの繭にも切れ目を入れていく。

こちらもある程度まで切れ目の長さが到達すると、中から寝ぼけ眼《まなこ》のグーラがゆっくりと体を起こし始めた。

こちらはラピスよりもさらにしっかりと梱包されていたようで、露《あら》わなグーラの褐色《かっしょく》の肌《はだ》の上にはべったりと白いニグの糸が貼《は》り付いており、白と褐色の対比が薄暗《うすぐら》いテントの中と相まってどこか扇情的《せんじょうてき》な雰囲気《ふんいき》を醸し出している。

「ふぁ……よく寝た」

小さくあくびをしてから、グーラは自分の方を見ているロレンの視線に気が付いたのか、へらっと笑いながら手を振《ふ》ろうとして、腕もニグの糸だらけになっているのに気が付いた。

「うわっ⁉　なんやのこれ⁉　ちょっと、べとべとやないか」

知ったことかとばかりにニグはグーラが入っていた繭から飛び降りるとするするとロレンの足下《あしもと》から体を登り始め、やがていつもの位置でぴたりと止まった。

その間にもグーラは文句を口にしながら、体に貼り付いてしまった糸を取り除こうと体のあちこちを摘まんだり擦ったりしているのだが、よほどしっかりと貼り付けたのかその行為《こうい》はあまり功を奏しているようには見えない。

「それでロレンさん、こんな時間に私達を起こしたのには、何かしらの理由があるんでしょうか？」

ラピスがテントの入り口を少しだけ開き、作った隙間から外の様子を窺《うかが》いながらロレンへと尋ねる。

外はまだ薄暗く、篝火《かがりび》などが焚《た》かれているような状態だ。

朝だから起こしたというのには、かなり早過ぎる。

「まぁな。実は……こっそりとここを抜けようと思ってな」

「何でや？　何か嫌《いや》なことでもあったんか？」

ロレンの言葉に驚《おどろ》いたのか、グーラが勢いよく立ち上がろうとした。

その動作によって、外し切れていない糸がぶちぶちと千切れていくのだが糸はご丁寧《ていねい》にも衣服にまで貼り付けられていたようで、上と下とが同時にずり下がり、危険な状態を晒《さら》しかけたグーラは慌《あわ》てて抜け出そうとしていた繭の中にしゃがみこみ、そのせいでさらにがっつりと粘着性《ねんちゃくせい》の糸が体にくっついてしまう。

「どないせぇっちゅうねんこれー！」

「声を落とせ。外にバレんだろが」

ほとんどやり直し状態になってしまったことを嘆《なげ》くグーラに声を潜《ひそ》めるように指示して、ロレンは外の様子を窺っていたラピスが自分の方を見るのを確認してから、二人を起こした理由を説明する。

「まず、俺《おれ》はここから先に進むことに決めた。この先にあの黒ずくめがいるってんなら、奴《やつ》に事情を問いただすのが一番手っ取り早ぇだろうからな」

「同行します」

「うちもうちも」

ロレンの決定にラピスもグーラも一緒《いっしょ》に行くことを表明した。

昨日の様子からして、この意思表示を覆《くつがえ》させるのは無理だろうなと考えていたロレンは、二人の言葉に頷《うなず》きながら、先を続ける。

「けどよ。昨日の団長の様子から考えて、俺が先に進むっていったら素直《すなお》に通してくれねぇような気がするんだよな」

ロレンのことをマグナに知られたくない、とユーリはいっていた。

そんなロレンがわざわざ、王国の奥深《おくふか》くにいるのであろうマグナのところへ赴《おもむ》くといえば、ユーリがそれを簡単に了承《りょうしょう》するとは、ラピスもグーラも思えない。

「それでこっそりと？」

ラピスの言葉にロレンは無言で頷く。

黙《だま》って抜け出し、行き先も告げずに行方《ゆくえ》をくらますということに幾許《いくばく》かの罪悪感のようなものを覚えなくもないのだが、だからといってユーリを納得《なっとく》させるような理由も見当たらず、説得するような時間も自信もロレンにはなかった。

「団長にゃ悪ぃんだがな。やっぱこういうのははっきりさせとかねぇと気持ちが悪ぃ」

「お互《たが》い様《さま》じゃないでしょうかね？」

「どういうこった？」

「団長さんも傭兵《ようへい》団を壊滅《かいめつ》させるのを、ロレンさんに説明も相談もしないで決行されたわけでしょう？　たぶん、団長さんはロレンさんを納得させることも説得することも無理だろうと考えたからそのような行為に及《およ》んだんだと思います」

確かにいかにユーリがロレンのことを隠《かく》しておきたかったからといって、それを説明された自分が傭兵団を壊滅させることに同意したとはロレンは思えなかった。

それはユーリもおそらくは同じことを考えたはずで、だからこそロレンに何の相談もなく行動に移したのではないかというラピスの考えはなるほどと納得できるものである。

「今回、ロレンさんが似たようなことをすればお互い様ということで」

「そういうもんか？」

「違う、かもしれないですがこの線で強弁するしかないですよ。言い張れば嘘《うそ》もたまには本当になりますからね。褒《ほ》められたことじゃないですが」

「こういうときはまず、自分を納得させる理由付けが重要やね。最悪、後で謝《あやま》ればなんとかなるんやないかな？」

服から糸を引き剥《は》がすのを諦めて、繭そのものを権能で食べ始めていたグーラが軽い口調でそう語り、ラピスが自分の言葉が冗談《じょうだん》であったかのように笑ってみせる。

「そんな線でいってみるしかねぇな」

釣《つ》られるように笑いながらロレンがいえば、早速《さっそく》行動開始とばかりにラピスが再度外の様子を窺い、繭を食い尽《つ》くしたグーラが立ち上がって荷物をまとめだす。

グーラの作業を手伝うべきだろうと手を貸そうとしたロレンは、外を窺うラピスがぽつりと呟《つぶや》いた言葉を聞きとがめた。

「そうなると、陽動が必要ですよね」

思わず動きを止めて、ロレンはラピスをまじまじと見てしまう。

ロレンの予定では、こっそりとこの場を引き払《はら》い、兵士達《たち》の注意を引かないように隠れながら移動し、この拠点《きょてん》を抜《ぬ》け出すつもりであったのだが、ラピスの頭の中には違う考えが湧《わ》き上がっているらしい。

「怪我人《けがにん》、死人の類《たぐい》を出せばこの後の兵士さん達の行動に支障をきたすでしょうから、どのような陽動にしたものかが思案のしどころです」

「まてまて。お前の頭にゃこっそりとかひっそりとかいう単語は入ってねぇのか？」

思いとどまらせるようにロレンが声をかければ、ラピスは外から視線をロレンの方へと向けて意外そうな表情になる。

何もおかしなことはいっていないはずだと考えるロレンへ、ラピスは尋ねた。

「ロレンさん、そのお体でこっそりここを抜けられるつもりだったんですか？　夜ならともかくそろそろ夜が明ける時間帯ですよ？」

うっすらとはいえ、周囲は明るくなりつつある。

視界もある程度確保できる状況で、ロレンの大きな体は確かにひっそりとかこっそりといった単語からは程遠《ほどとお》い代物《しろもの》であった。

「つうかロレンの図体《ずうたい》やと、夜でも難しいやろ？」

「質の悪い軍ならどうにか、と思いますが。ここはロレンさんを教育したユーリさんの軍ですから、難しいでしょうね」

「悪かったな、図体でかくて……」

少し気を悪くし、拗《す》ねるような口調でロレンがいえば、グーラがなだめるようにその背中を叩き、ラピスはこれから悪戯《いたずら》をする子供のような顔を見せて、少し大きめにテントの入り口を開き、そこに体を滑《すべ》り込ませた。

「そんなわけで、陽動は私に任せてください。大丈夫《だいじょうぶ》です。ロレンさんの団長さんの軍なんですから怪我人も死人もなしで今回はやりますから」

「今回ってぇのは何だ。今回ってのは」

「グーラさんはその隙《すき》に、ロレンさんと拠点を抜けてください」

「任しとき。でもラピスちゃん、後でちゃんと合流できんのかいな?」

ラピスがどのような陽動を帝国軍に対して仕掛《しか》けるのか現時点ではロレンにもグーラにも分からなかったが、少なくとも拠点自体が混乱に陥《おちい》る程度のことはするはずであり、その混乱に乗じて逃《に》げる自分達を後でラピスが見つけられるのかという疑問が残る。

だからこそ少しばかり心配そうにいったグーラへ、ラピスは自信たっぷりに答えた。

「ロレンさんの気配でしたら、ほぼ確実に捕捉《ほそく》できますから」

「どういう自信だそりゃ」

「とにかく事態が動いたらここを出てください。タイミングは任せます」

「分かった」

短くロレンが答えれば、ラピスは満足げに笑ってするりと外へと出て行く。

何をするつもりなのかという不安はあるものの、タイミングを失えばラピスの行動を無《む》駄《だ》にすることになるので、ロレンとグーラは荷物をまとめてその時を待つ。

「敵襲《てきしゅう》ーっ！　敵が来た！　迎撃《げいげき》用意！　起きろ！　敵が来たぞ！」

「くそっ！　なんであいつらが帝国方面からやって来やがるんだ!?」

しばらくして、遠くから警備に当たっていたのだろう兵士の警告が聞こえ、周囲の兵士達が慌《あわただ》しく声のした方へ、手に武器を持って走り出していく気配がした。

グーラがテントの外へと顔だけ出し、何が起こったのかを調べてすぐにテントの中へと戻ってくる。

「幻覚魔術《げんかくまじゅつ》やね。ラピスちゃんがあのフレッシュゴーレムの大群が襲ってきたような幻覚を拠点全体にかけたみたいや」

「兵士はともかく、団長に通じるか？」

「団長さん一人だけ通じんでも、兵士の大半に通じりゃ混乱は起きるやろ。ほなうちらはこっそり反対側から、団長さんが来る前に逃げだそか」

敵襲が幻覚であるということが分かれば、ユーリは兵達の統率《とうそつ》を取り戻すより先にもしかするとロレン達の動向を確認《かくにん》しに来るかもしれない。

兵士達を放っておいて、ユーリがそんなことをするとはあまり考えたくないロレンではあったのだが、可能性があるならば抜け出すのは急いだ方がいいことは分かる。

「悪ぃな団長。ことが終わりゃいくらでも怒《おこ》られてやるからよ」

誰も聞いてはいないだろうが、そういい残していかなければいけないような気がして、ロレンは小さくそう呟くと、テントの布を大きくめくり上げたグーラの後を追いかけて駆《か》け出すのであった。

野営地をグーラと共に抜けたロレンは、ほどなくして後を追いかけてきたラピスと合流することができていた。

かかるのではないかと心配していた追手は、ラピスの偽装《ぎそう》工作が上手《うま》く行ったおかげなのか、誰一人《だれひとり》として追いかけてくる者はなく、気づかれる前に少しでも距離《きょり》を稼《かせ》いでおかなくてはとロレン達は人の姿のない街道《かいどう》をひた走る。

「団長くらいは、まっていたぞとか言い出すんじゃねぇかと心配してたんだけどな」

何かと言うと先回りし、予測し、立ち塞《ふさ》がるような印象のあるユーリである。

今回もまた、抜け出した自分達の前に姿を現すのではないかと考えていたロレンだったのだが、その心配は杞憂に終わろうとしていた。

「やっぱ混乱した軍ってのは脆《もろ》いってことか？」

「いえ、気づかれてましたよ」

心配しながら自分達の後方の様子を窺うロレンに、さらっととんでもないことをラピスが告げた。

驚きのあまり、進む足の鈍るロレンとグーラへ、ラピスは人さし指を立ててみせながら自分が野営地を抜けてきたときのことを語る。

「あの混乱の中で、ユーリさんだけはきっちりロレンさんが野営地を抜け出すだろうと考えていたようですよ。一人でロレンさんの後を追いかけようとしていましたので、ちょっぴり掌《てのひら》で押して帰って頂きましたけど」

「それは団長、大丈夫なのか」

胡散臭《うさんくさ》かろうが妖《あや》しさ満載《まんさい》だろうが、ロレンの知る限りユーリは人間である。

そのユーリが、ラピスにちょっぴり押されて無事でいられるのかどうか。

もしやラピスはとんでもないことをしたのではないかと思ってしまうロレンだったのだが、ラピスは移動する足を止めないままに、はっきりとこう告げた。

「本当に人なのかどうなのか疑わしいですよ、あの団長さん。病院送りにするつもりがぴんぴんしてましたし」

「ちょっと待て」

病院送りを目的とするほどに押すのを、普通《ふつう》はちょっぴりとは言わない。

ましてユーリはそれなりに高齢《こうれい》であり、ロレンに比べれば体の頑丈《がんじょう》さにおいても、怪我《けが》をした後の治癒力《ちゆりょく》に関しても相当劣《おと》るはずであり、自覚のないままにラピスがユーリに大怪我をさせたのではと焦《あせ》るロレン。

しかし、ぴんぴんしていたというラピスの言葉尻《ことばじり》に、ほっと胸を撫《な》で下ろす。

「追撃を諦めさせるためには指揮官が行動不能になるのが一番手っ取り早いんですよ」

「それはまぁそうなんだろうが」

指揮官を失った集団が烏合《うごう》の衆と化すことは珍《めずら》しいことではない。

しかしながらそれを敵ではない集団に対して行っていいものかについては、ロレンとしてはあまり首を縦に振りたいとは思わなかった。

「結果的に怪我人を一人も出さずに事を成したのですから、褒めてください」

つもりの方はともかくとしても、確かに結果だけ見れば怪我人は出ていないらしい。

しかしそれを褒めるというのはどうなのだろうと思ってしまうロレンは、何かしら期待するような目つきで自分の方をじっと見つめているラピスの無言の圧力に負けて、そっとその頭を撫でてやった。

「ロレン、たまにはこうガツンと言うてやらんと、いずれとんでもないことになるんやないかって心配になるわ」

「俺もたまにそう思わないでもない」

頭を撫でられて嬉《うれ》しそうなラピスを前にして、グーラは呆《あき》れたようにそう口にし、ロレンはそっと溜息《ためいき》を吐き出した。

そんな二人の反応を見て、ラピスは不服そうに頬を膨《ふく》らませる。

「二人とも酷《ひど》いです。ちゃんとお使いもしてきたと言いますのに」

「お使い？」

尋ねるロレンの目の前で、ラピスは頭を撫でられていた手の下から抜け出すと、服の隠しから折りたたまれた紙片《しへん》を取り出して二人の目の前で広げて見せた。

覗《のぞ》き込むようにして何が書かれているのかを見てみれば、そこに描《えが》かれていたのはかなり詳細《しょうさい》な情報が書き込まれている地図である。

「ユーリさんが、ここから先に進むようなら必要になるだろうから持って行けと」

帝国軍はどうやら、王国領内を進軍するために斥候《せっこう》を放ち、それなりに詳細な地図の作成に成功していたらしい。

しかし、そういった類の情報は普通機密として秘匿《ひとく》されるべきものであり、一介《いっかい》の冒険者にすぎない自分に渡してしまっていいものなのだろうかとロレンは思う。

「写しだそうですので、気にするなと伝えるようにと」

「俺が心配するとこまでお見通しかよ」

どこまで推測と予測で先を読んでいるのやらと呆れるロレンだったのだが、ラピスが持ってきた地図は確かにロレン達にとっては必要な情報であり、かなり助かることは間違《まちが》いがなかった。

その情報があれば、手探《てさぐ》りで王国領内を進むようなことをせずに済み、これからの計画というものも立てやすくなる。

「あの黒い野郎がいるとすりゃ、普通は首都だよな?」

ラピスが広げた地図を前にして、ロレン達は歩きながらこれからの経路について話し合う。

黒い野郎とはもちろん、マグナのことであるが、帝国軍との戦いの中でその姿が見えたという話が聞こえてこない以上は、本拠地《ほんきょち》ともいえる場所に陣取《じんど》っている可能性が高いとロレンは考えていた。

「首都というか王都というか、とにかくこの国一番の都市を目指すというのであれば、今歩いている街道をひたすら東に向けて歩くだけですね」

おそらくこの辺が自分達のいる場所だろうという点を指さしたラピスはそこから東の方角へと指を滑らせていく。

その先にあるのは確かに、王都であった。

ただ、その間にはいくつかの都市が存在しており、その都市を示す点の上にはユーリか帝国軍の誰かの手によるものであろうバツ印が記載《きさい》されている。

「このバツってのは、調査済み誰もおらん、ってことなんやろな」

「そういう意味だとすると、王都まで人的障害はほとんどないようですが……」

進まなければいけない街道上にある都市には、大体バツがついている。

それはつまりそこの都市には住人がおらず、都市を守る兵士もいないということを表しているのだろうが、それを見たロレンはげんなりとした顔になった。

「人がいねぇってことは、あのゴーレムがいるんじゃねぇか?」

「せやね。多分おるやろね」

「あれ、あんまり会いたくないですよねぇ。強さはそこそこですが見た目がきついですから」

血抜《ちぬ》きしていない肉の塊《かたまり》で人の形を作ったような存在がフレッシュゴーレムである。

しかもその原材料はおそらくは失踪《しっそう》した都市の住人達ではなかろうか、という予想は容易に立つわけで、グーラもラピスも嫌そうな顔を隠そうとはしなかった。

「作った奴の頭を疑うわ」

「きっと陰険《いんけん》でいけ好かないムッツリです」

文句を口にする二人に苦笑しながら、地図を見ていたロレンだったのだが、やはり敵に遭遇することは織り込むとして、街道上を進む以外に手はないように思っていた。

迂回《うかい》してできないことはなさそうなのだが、迂回したからといってあの大量のゴーレムと遭遇せずに済むかどうかは微妙《びみょう》なところである。

しかも迂回するということは道なき場所を行くわけで、そんなところで大量のゴーレムと遭遇してしまったら、戦うことも逃げることもままならなくなりかねない。

「とはいえ、俺達《おれたち》だけで処理するにゃ、とんでもねぇ数なんだよな」

帝国軍を包囲していたフレッシュゴーレム達の群れを思い出してロレンは顔を顰《しか》める。

今回はどうにか切りこんで包囲網《ほういもう》に穴を開けることに成功してはいたのだが、次もまたそんな幸運に恵《めぐ》まれるとは思えない。

まして次にフレッシュゴーレム達と出会うときには、帝国軍の助力はないのだ。

包囲網に穴を開ける程度のことでは対処できるとは思えなかった。

「本当に王国の国民全《すべ》てをゴーレムにしちゃったんでしょうかって思うくらいですよね」

「戦力としちゃそこそこやし、命令には絶対服従やから取《と》り扱《あつか》いは楽なんやろうけど」

もっとも人の目さえなければラピスやグーラが本気を出せる。

強力な魔族と邪神《じゃしん》の前にはいかにゴーレムの群れといえども塵《ちり》や芥《あくた》のように蹴散《けち》らされてしまうのかもしれない。

しかしロレンはただの人間である。

ラピスやグーラのレベルで行動しろというのは、かなりの無理がある話だった。

「まぁ露払《つゆはら》いは私達にお任せということで」

「せやせや。普通のときはロレンに頼《たよ》りっきりやから、こういうときはうちらが率先《そっせん》してやらんとな」

任せろとばかりに自分の胸を叩くラピスと、安心しろとばかりにロレンの背中をばしばしと叩くグーラ。

二人のそんな様子を見て、ロレンはふと思いついたことを小声で尋ねてみた。

「ただ日頃《ひごろ》の憂《う》さを晴らしてぇってだけじゃねぇよな?」

普段《ふだん》、ラピスもグーラも個人が持っている能力を全て使うことができない。

周囲に遠慮《えんりょ》し、人の目を気にしながらどうにか常識的な範囲《はんい》で収まる程度の力しか行使することができないのだ。

ロレンには想像することしかできないのだが、強大な力を振るうことができないままに、力を制限され続けるというのは、鬱憤《うっぷん》のようなものがたまるのではないかと思われた。

考えてみると、極稀《ごくまれ》にラピスが力を解放することができたときは、なんだかすっきりとした表情をしているように思えて、ロレンはラピスとグーラを見比べる。

「そ、そんなわけないじゃないですか」

「せせせやで？　うちらに限ってそないなことあるわけないやんか」

目が泳ぎ、露骨《ろこつ》に挙動不審《きょどうふしん》になる二人の反応に、ロレンはなんとも言えずに首を振る。

この二人に好き勝手に力を振るわれたのでは、事が終わった後に王国がどうなっているのか分かったものではない。

さすがに地図上から消えるようなことはないだろうと思うロレンなのだが、二度と人が住めない魔境《まきょう》くらいにはなってもおかしくないのではないかと思ってしまう。

「他の子らも呼んでやった方がえぇかなぁ？　今回ほんとに人の目がなさそうやし」

「ルクセリアさん以外なら、検討に値するんじゃないでしょうか」

どこまで本気なのか分からないが、それなりに本気で検討するかのような雰囲気の二人に、ロレンは事態は面倒《めんどう》でも邪神を複数動員するような真似《まね》はしないで欲《ほ》しいと願うのであった。

ユーリ達と別れたロレン達は、一路王国領内を王都へと向けて進むことになった。

これが軍規模の人数での移動であったのならば、王国側の警戒網《けいかいもう》に引っ掛《か》かり、無用な戦闘《せんとう》を数多くこなさなければならないところであったのだろう。

しかし、戦力的にはともかくとして人数としては三人しかいないロレン達は、王国側の警戒網を擦り抜けるようにして進むことができていた。

もっとも、全ての警戒網を潜《くぐ》り抜けることができるわけではない。

どうしたところで王都に近づくにつれて警戒は厳重になっていくものであり、どうしても避《さ》けられない戦闘というのも出てくる。

「見事なまでにまともな兵隊がいねぇな」

振り回した大剣《たいけん》が、人型の肉の塊をいくつかまとめて上下に切り裂く。

肉の中にはおそらく骨の代わりなのであろう金属の支柱のようなものが埋《う》め込まれていたようなのだが、ロレンの扱う大剣はそんなものなどそこに存在していないかのような勢いで肉もろとも断《た》ち切ってしまう。

周囲をフレッシュゴーレムに取り囲まれた状態で、窮地《きゅうち》といえば窮地なはずなのだが、それを微塵《みじん》も感じさせない剣捌《けんさば》きである。

「余程《よほど》人が信用できないんでしょうか？」

ラピスは襲《おそ》い掛かってくるゴーレム達にあまり近づきたがらない。

原因は血肉が剥《む》き出《だ》し状態になっているゴーレムの姿のせいであった。

別段、気持ちが悪いとか気味が悪いとかいうわけではなく、単に白を基調としている神官服が、飛び散る血肉で汚《よご》れるのを嫌がったためである。

それでも人の目がないのをいいことに、遠距離《えんきょり》から次々に魔術《まじゅつ》でゴーレムを砕《くだ》いたり切り裂いたりして、敵数の減少に貢献《こうけん》していた。

「まぁゴーレムってのはいうことを、馬鹿正直《ばかしょうじき》に聞くもんやからなぁ」

あまり働いていないように見えるのはグーラであった。

とはいえ、邪神の権能を使うことでロレンに負けない程度の速度で敵を食い殺したりしているのだが、傍《はた》から見ればグーラは何故《なぜ》か地面に枯《か》れ木《き》を積み上げ、小さいながらに焚《た》き火《び》をしているだけのようにしか見えない。

ロレンが必死にゴーレムと戦っている間に何をしているのかと、ラピスが少しばかり怖い顔をしながらグーラへ尋《たず》ねた。

「何をしているのか説明してもらっても？」

「うち、生肉には飽《あ》きたんや」

悪びれることもなくしれっとした感じで答えたグーラに、言葉の意味がよく理解できないままにラピスは首を捻《ひね》った。

その間にグーラは自分で熾《おこ》した焚き火に枯れ木を追加して、火の勢いを強めていく。

「あいつらどないに食っても生肉やんか。うちそろそろ火を通した肉が食べたいんよ」

グーラの言葉を聞いてラピスは、戦闘継続《せんとうけいぞく》中のロレンの方へと目をやる。

自重で石くらいなら切り裂いてしまうロレンの大剣は、相変わらずとんでもない勢いで振り回されており、その刃《は》に触《ふ》れたゴーレム達を、何の抵抗《ていこう》も受けていないかのような手軽さですぱすぱと切り裂いていた。

「やっぱ焼肉って、文明的やんか？」

「まぁ生肉よりは？」

「ちょっと塩振って、ええ感じに焼けた焼肉が食べたいんよ！」

力説してくるグーラなのだが、彼女《かのじょ》のいう肉というのはゴーレムの体を形作っている肉を指しているものだと思われたのだが、その肉が何を原材料としているのかはいまだにはっきりとはしていない。

なんとなくそれだろうというものがあるのだが、それを考えても得体の知れない肉であり、そんなものを焼肉にして食べたいとは、ラピスは欠片《かけら》も思わなかった。

だが、暴食の邪神にとっては材料はなんであれ肉は肉であるらしい。

早速とばかりにロレンが切り倒《たお》したゴーレムの体をいくつか運んでくると、どこから取り出したのか分からない長くて太い串《くし》でそのまま刺し貫《つらぬ》いて焚き火にかざし始めた。

すぐに肉の焼ける匂《にお》いが辺りにたちこめ、得体が知れない肉ながら妙《みょう》に食欲を刺激《しげき》するその匂いに、一瞬《いっしゅん》くらりと意識を持っていかれそうになったラピスは、慌てて頭を振って意識をはっきりさせる。

それほどまでに肉の焼ける匂いというのは暴力的であった。

同時に、自分がかなりの空腹であるということをラピスは自覚してしまう。

「ラピスちゃん、食うか？」

悪気もなく邪気《じゃき》もなく、純粋《じゅんすい》に好意から出てきたような声でグーラがラピスに問いかける。

暴食の邪神が食べ物を分けてくれるらしいという事実に、そんな珍しいことがあるのだろうかと思うラピスなのだが、グーラの手に握《にぎ》られている串の先に突き刺さっているのは、寸法はかなり大きいものの人型の上半身だ。

とても食欲を掻《か》き立てられるような代物ではない。

「気持ちだけありがたく」

「そうか？　見た目はともかく肉なんやけどなぁ」

見た目の悪さが全てだろうがと思うラピスなのだが、グーラは全く気にしないらしい。

これまでも、その権能で人やら何やらを区別なく食べてきているグーラだからこそ、今《いま》更《さら》そんなことを気にすることもないのだろうと思うラピスの目の前で、グーラは焼け始めた肉の塊に、やたら嬉しそうにかぶりつき始めた。

「戦闘中なんだがなぁ……」

緊張感《きんちょう》まるでなし、というよりはどこか猟奇的《りょうきてき》な雰囲気さえ漂《ただよ》う光景に、剣を振るう手は休めることなく、視線だけグーラ達の方へ向けてロレンがぼやく。

周囲は多くのゴーレムに囲まれ、戦況《せんきょう》はまるでよろしくない。

だというのに、何故かしら絶望感のようなものが漂って来ないのだ。

「ロレンさん、もっと気楽に考えてください。周囲にまるで人の気配がない以上、このゴーレム達は脅威《きょうい》になりえません」

ラピスの腕の一振《ひとふ》りで、ゴーレム達が十体ほどまとめて燃え上がった。

グーラが熾している火とは比べものにならないほどの大きさと勢いの炎《ほのお》に焼かれて倒れていくゴーレムの体は、不可視の口に咥《くわ》えられてそのまま捕食《ほしょく》されていく。

図《はか》らずも、希望していた通りに焼肉が食べられて嬉しいのか、グーラの顔に浮《う》かんでいる喜色がさらに強いものとなった。

「さっさと片付けられんならそうしてくれねぇか？　俺も好んでこいつを振り回しているわけじゃねぇんだ」

愚痴《ぐち》りながらロレンが振り回した大剣から、刃に付着していた血が飛ぶ。

ロレンの振るう武器は、元々はラピスの母親である魔王《まおう》が使っていたものだ。

その由来のおかげなのか、とてつもない切れ味を誇《ほこ》るそれはゴーレム達を骨ごと断ち続けていてもまるで切れ味が落ちないのだが、その刃に血脂《ちあぶら》がついてしまうことまでは防ぐことができない。

それを振り飛ばしたロレンへ、ラピスは不思議そうに尋ねた。

「好きじゃないんですか？」

「なんで好きだと思うんだよ」

ロレンは別に自分のことを戦闘狂《せんとうきょう》だとは思っていない。

傭兵稼業《ようへいかぎょう》とて、それくらいしか自分にできることはないだろうと思うからこそ続けていただけのことで、戦争に身を投じるのが好きというわけではなかった。

「楽しそうに見えましたけど？」

「そりゃやるからには楽しまねぇと損だろ。嫌々《いやいや》やってちゃ続くもんも続かねぇからな」

「そんなものでしょうか」

正しいか正しくないかは別として、それがロレンの考え方だった。

普通の考え方ではないのだろうということはラピスの表情を見ていればロレンにも分かったのだが、ラピスは首を振りながら周囲に群がっているゴーレム達へその掌を向ける。

「私は意外とこういうの好きですが」

瞬間《しゅんかん》、ゴーレム達の真っただ中で真っ赤な閃光《せんこう》が迸《ほとばし》った。

それが炎の爆発《ばくはつ》なのだと気が付いたときには、耳がおかしくなるのではと思うほどの爆《ばく》音《おん》と、肌を叩《たた》く衝撃《しょうげき》とが襲い掛かって来ており、顔の前で腕《うで》を交差させてそれに耐《た》えるロレンは自分の腕の向こう側に見える光景に息を呑《の》む。

いったいどれだけいるのかとうんざりしてしまうほどに群がっていたゴーレム達の垣根《かきね》の一部が、たった一撃《いちげき》でごっそりと削《けず》り取られてしまっていたのだ。

先程《さきほど》までのゴーレムを焼くような魔術とは異なり、ただ破壊《はかい》するだけの炎の力に恐《おそ》れを感じるロレンだったが、ラピスは違《ちが》った感想を抱《いだ》いたらしい。

「加減なくぶっ放せるというのはいいですよね」

「おい神官」

「それは世を忍《しの》ぶ仮の姿、というやつですし」

突っ込みをいれるロレンへ、ぺろりと舌を出してみせながらラピスはさらにもう一発、先程のものと同じらしい魔術をゴーレム達の中へと放《ほう》り込む。

再び起こる爆炎と爆音。

粉々に吹《ふ》き飛ばされるゴーレムの残骸《ざんがい》を見ながら、これならば自分などいてもいなくても同じなのではないだろうかという思いに駆られ始めたロレンとは別に、グーラが不満そうにラピスに声をかけた。

「ラピスちゃん、そないに吹き飛ばされたら食べるところがなくなるやんか」

「まだ食べ足りないんですか……」

ゴーレム達を吹き飛ばす前にラピスは十体ほどのゴーレムを焼いている。

体の大きなゴーレムを十体も焼けば、その肉の量はかなりのものになるはずだったのだが、見ればグーラはそれらをぺろりと平らげて、それでもまだ足りないという顔をしているのだ。

これにはロレンもラピスも呆れてしまうのだが、元々暴食という名前を冠《かん》している存在であるのだから、それも無理はないことかと思いなおす。

「仕方ないですね。それじゃ粉々にしない程度に生焼けからこんがり辺りで……」

「ラピス、ちょっと待て！」

労力はともかくとしても、材料は目の前にいくらでも並んでいる。

加減をするのは面倒だとしても、グーラに肉をねだられるよりはずっといいかと、使う魔術の選定を始めたラピスはロレンの一声でその作業を中断した。

何事かと目を向ければ、近寄ってくるゴーレム達を切り倒し続けているロレンが、そのゴーレム達の向こう側を指さしている。

何があるのだろうとそちらに目を凝《こ》らしたラピスは、群がるゴーレム達の向こう側にあがる土煙《つちけむり》を見て、さらに目を細くした。

「なんですあれ？」

「騎兵《きへい》だ！　どっかの誰《だれ》かがこっちに向かって来てやがる！」

そういわれてラピスもゴーレム達の背後に上がる土煙が、複数の騎兵が走ることによって舞《ま》い上げられているものだということに気が付いた。

つまりは、ないとばかり思っていた人の目が、近づきつつあるということである。

「その騎兵ごと吹き飛ばしたらだめでしょうか」

折角《せっかく》加減なく攻撃《こうげき》ができそうな雰囲気《ふんいき》だったというのに、それを途中《とちゅう》で止められて、酷く不満げに危険な言葉を口にしだすラピスなのだが、ロレンは切り裂《さ》いたゴーレムの体を蹴飛《けと》ばしながらそれを止めた。

「敵味方の分からねぇ相手をいきなり吹き飛ばそうとするんじゃねぇ！」

「こんなとこにいるんですから、およそ敵ですよ、きっと」

「お前は単に吹き飛ばしたいだけだろ」

随分《ずいぶん》と短絡的《たんらくてき》なラピスの意見に、ロレンが半眼でじろりとラピスを睨《にら》むと、ラピスは幾《いく》分《ぶん》引き下がりながらもきっぱりと答えた。

「否定はしませんが」

「駄目《だめ》だからな⁉　人の目ができたんだから自重しろ！」

「そんなぁ。お預けなんて酷いです」

加減なく魔術を放てる機会を失って、さらに機嫌《きげん》を悪くするラピスであるのだが、敵か味方か分からない何かが近づいてきている以上、ラピスの正体がばれるような行動は慎《つつし》むべきだろうとロレンは思う。

もしかすれば、最初にゴーレムを吹き飛ばした魔術が目撃《もくげき》されているかもしれないが、その場合は魔術師《まじゅつし》を担当しているグーラが凄《すご》いことにするしかないだろうなと考えながら、ロレンは焼けたゴーレムにかぶりつこうとしているグーラの体を慌《あわ》てて引き戻《もど》すのであった。

第五章　援軍から突入する

ロレン達《たち》を包囲しているゴーレムの群れ。

その背後から騎兵による突撃《とつげき》を仕掛けた一団の姿を、ロレンは寄ってくるゴーレム達を大剣の刃で切り払《はら》いながら見ていた。

それはロレンの目には騎士《きし》に見える一団であったのだ。

揃《そろ》いの青を基調とした金属鎧《よろい》に長大な馬上槍《やり》を構えたその一団は、ロレン達目がけて攻《せ》め寄せているゴーレム達の背後から、突進《とつしん》の勢いを殺すことなく突っ込むと容赦《ようしゃ》なくその槍の穂先《ほさき》をゴーレム達へと突《つ》き入れる。

痛みを感じることのないゴーレム達は、槍の穂先で貫かれたとしてもそれに反応するようなことはないのだが、突かれて押《お》し倒され、そこを馬の蹄《ひづめ》で引っ掛けられれば大きく破壊されて動くことができなくなっていく。

「やっぱり騎兵っていうのは、歩兵の天敵ですよね」

不機嫌《ふきげん》そうに語るラピスは、全く警戒していない状態で背後を衝《つ》かれたというのに、まるでその隊列には影響《えいきょう》を見せないゴーレム達と、そのゴーレム達を槍で叩きのめし、突き倒して馬に踏《ふ》ませて蹂躙《じゅうりん》する騎兵との戦いをぼんやりと眺《なが》めている。

人目のないことをいいことに、いつもは抑《おさ》えている魔術の行使を心おきなく実行しようとしていたラピスは突然《とつぜん》の乱入者達によって邪魔《じゃま》されてしまい、機嫌が急降下していた。

さすがに乱入者諸共《もろとも》ゴーレム達を排除《はいじょ》しようとする試みはロレンによって止められていたので実行しようとはしていないのだが、ならばとばかりに今度はゴーレム達に何の行動もしないまま、ひたすらにロレンのフォローだけを行うようになっている。

ラピスのことを知る者ならば、さぼっていると見てもおかしくない行動ではあるが、実際に神官として見た場合はそれほど間違っている行動でもないので、ロレンはそれをとがめだてすることもなく大剣を振《ふ》るう。

「ゴーレムっていうても、特別妙な調整をされとるわけやないみたいやからな」

ラピスに変わって積極的に行動を起こしたのはグーラである。

こちらはこれまでの戦い方とは異なり、いくつかの魔術を行使して次から次へとゴーレムの体を破壊し続けていた。

たまに飛び散る血や肉片《にくへん》に妙な視線を向けることはあっても、さすがに誰かに見られているかもしれない状態で、ゴーレムを食品として扱うようなことはしないらしい。

そうこうしている間にも、乱入してきた騎兵達はゴーレムの包囲を一直線に切り抜《ぬ》けて、ロレン達の近くまで到達《とうたつ》しようとしていた。

馬を操《あやつ》りつつ、ゴーレム達と切り結ぶ騎士の姿にロレンは、この乱入者がかなりきちんと訓練された類《たぐい》の騎兵であるらしいことを見て取っている。

「無事か!?」

馬上からかけられた声は若い男性のものであった。

面頬《めんぼお》のついた兜《かぶと》を目深《まぶか》に被《かぶ》っているせいで、地面から見上げるロレンには相手の容貌《ようぼう》が見えなかったのだが、声の感じからして鼻筋の通った見目麗《うるわ》しい騎士の姿をなんとなく想像してしまう。

「今のところはな！　これから先は分からねぇよ！」

「今無事ならばよし！　すぐに助けるぞ！」

先頭を務めていたその騎士はロレンからの返答を聞くと、それまでに倍する勢いで群がるゴーレム達を突き倒し始める。

それにより包囲の輪が崩《くず》れそうであることを見たロレンの袖《そで》をラピスが引っ張った。

「ロレンさん、大変なことに気が付きました！」

「なんだ？　とりあえず言ってみろ」

薄《うす》く嫌《いや》な予感を覚えながらロレンが促《うなが》すと、ラピスは大真面目《おおまじめ》な顔でロレンへ告げた。

「あの人達の助けを借りるということは、ロレンさん以外の誰かの後ろに乗らなければならないという問題が！」

この場から脱出《だっしゅつ》するためには速《すみ》やかな撤退《てったい》が必要となるはずであった。

その最たるものは、騎兵達が乗っている馬のはずであったが、ロレン達の分の馬が用意されているわけもなく、ロレン達が馬で脱出しようと考えるのであれば、誰かの背後にしがみつくしか方法がない。

「私、嫌ですよ⁉　見知らぬ異性の背中に抱きつくなんて！」

「別に抱きつく必要はねぇと思うが……」

「そんなことをするくらいなら走った方がマシですー！」

馬の速度に走って追いつくというのは、人の範囲で考えれば異常な話である。

そんなことをラピスにさせられるわけもなく、かといって戦闘中である現在、ラピスを説得するような時間もなく、最悪の場合はいずれかの騎兵の背中に有無《うむ》を言わせずに放り投《な》げようかと考えたところで、騎兵の一人が悲鳴を上げながら馬上から地面へと落ちるのが見えた。

槍の引き戻しが遅《おそ》かったのか、そこをゴーレムに捕《つか》まれて引きずり落とされたのである。

慌てて立ち上がろうにも鎧が重いのか、落馬の衝撃で息が詰《つ》まったのか、動きの鈍《にぶ》い騎兵の上へゴーレム達が群がっていく。

いかに頑丈な鎧を着こんでいたとしても、大量のゴーレム達に踏まれればそんなものはひとたまりもなく、肉と金属の入り混じる塊へと騎兵が変わっていくのを見ることもなく、ラピスはすぐさま騎手《きしゅ》のいなくなった馬へと駆《か》け寄るとその背中にひらりと飛び乗った。

これを運よくと形容してはいけないのだろうなと思いながら、近くにいたグーラの首根っこを掴《つか》んで持ち上げるとロレンは馬を操り始めたラピスの後ろに、その体を放り投げるようにして乗せてやる。

「扱いが酷いんやない⁉」

「ロレンさんはっ⁉」

荷物のように扱われたことに抗議《こうぎ》するグーラと、自分ではなくグーラを乗せてきたロレンへどうするつもりなのかと問うラピス。

それらに応じることなくロレンは、騎兵の指揮官と思われる最初に声をかけてきた騎兵へ叫《さけ》んだ。

「離脱《りだつ》しろ！　お前らも長くはもたねぇだろ！」

「貴方《あなた》はどうするつもりか⁉」

「走って抜ける！　どうせ俺《おれ》が乗ったら馬も速度が出せねぇよ！」

元々体格が大きい上に、大剣などという重量武器を扱っているロレンである。

その重量はかなりなものになるはずで、馬に乗れないとまでは言わなくとも到底《とうてい》速度を出して走れるような重さではないはずだった。

どうせ遅《おく》れるならば、ゴーレム達の囲いを走って抜けても結果としては変わらないだろうというのがロレンの考えだったのである。

もちろん馬の速度に合わせて走ることなどできるわけもないが、ゴーレム達と比べればいくらかロレンの方が速いはずであるので、突破口《とっぱこう》さえあれば抜け出ることはそれほど難しくないだろうと考えたのだった。

「いいだろう！　目的は果たした！　転進せよ！」

騎兵の号令で、ゴーレム達と交戦していた他の騎兵達が馬を操り、ゴーレム達の包囲の外へと駆け出し始める。

その途中で何騎《なんき》かの騎兵がゴーレム達に取りつかれて引きずり倒されてしまったのだが、ほとんどの騎兵はロレンの目から見ても見事なほどの方向転換《てんかん》を見せつつ、ゴーレムの包囲を破って外へと駆け出していく。

それを追いかけるようにして、駆け出すロレンの背後からそうはさせじとばかりにゴーレム達が追撃《ついげき》をかけるのだが、その遅い足取りでは馬には追い付けるわけもなく、完全に逃走《とうそう》に転じているロレンにも、追いつくことはできない。

問題があるとするならば、とロレンは逃《に》げるのには必要ない大剣を布で包んで背中に背負いながら考える。

ゴーレム達は疲《つか》れというものを知らない。

馬の速度で振り切ってしまえば、追撃を諦《あきら》めるかもしれないが、いつまでもロレン一人がゴーレム達を振り切ることができずにいれば、どこまでも追いかけて来かねないのだ。

それを考えれば、どこの誰とも知れぬ騎兵達に迷惑《めいわく》をかけるわけにもいかないと、ロレンは必死に手足を動かして走り続ける。

どのくらいの時間、走り続けていたのかはロレンも途中から分からなくなっていた。

騎兵達にはあっさりと置いていかれてしまったのだが、おそらくこちらの方向だろうと思う方角へ必死に走り続け、やがて自分のことを待っていたのか騎兵の一団が立ち止まっている地点へと到着《とうちゃく》したロレンは、さすがに疲労困憊《ひろうこんぱい》といった態《てい》でその場に跪《ひざまず》いてしまう。

「お疲れ様《さま》ですロレンさん。大丈夫《だいじょうぶ》ですか？」

騎兵達について馬を走らせていたラピスが、グーラを後ろに乗せたままロレンの傍《かたわ》らまで馬を寄せると、すぐに馬から下りてロレンの傍らにしゃがみこむ。

体力には自信のあるロレンではあったが、息切れと疲労《ひろう》から答えを返すこともできずに肩《かた》で息をし、なんとか呼吸を落ち着けようとしているとラピスが汗《あせ》を拭《ぬぐ》うための布と、水《すい》筒《とう》らしき筒《つつ》をロレンへと差し出した。

どうにか礼の言葉を口にしてそれを受け取り、首筋や顔の汗を拭ってから水筒の中身を確かめもせずに口へと流し込んだロレンは、口内に感じた酒精に水筒を放り出して思わずむせてしまう。

「あれ？　これお酒でしたか」

ロレンが放り投げた水筒を受け止め、鼻を近づけて匂《にお》いを嗅《か》ぐラピスへ、しばらく咳《せ》き込んでから恨《うら》めし気《げ》な目を向けつつロレンは答えた。

「気つけにゃもってこいだけどよ……」

こういうときは水を差し出すもんだろうと思うロレンへ、騎兵の一人が馬ごと近づいてくると馬から下りて兜を脱《ぬ》ぎ、ロレン達へと一礼する。

「申し訳ない。生憎《あいにく》と水の手持ちがなかったものでな」

そう語った騎兵の顔をロレンはまじまじと見る。

おそらく指揮を執《と》っていた騎兵なのだろうその人物はロレンが声から推測したままの顔立ちをしていた。

さらりとした短めの金髪《きんぱつ》に青い瞳《ひとみ》。

年齢《ねんれい》はおそらくロレンとそう変わりのないと思われる若い男。

鼻筋の通った顔立ちは、どこぞの英雄譚《えいゆうたん》から抜け出してきたかのような雰囲気を醸《かも》し出しており、異性がそれを見ればまず放ってはおかないだろうと思われた。

「いや、助けられたのはこっちだ。文句を言える筋合いはねぇだろ」

騎兵の乱入がなくとも、ラピスとグーラがいれば切り抜けることは容易であったのだろうと思うロレンなのだが、正直にそれを目の前の人物に言ったとしても通じるとは到底思えない。

だからこそ素直《すなお》に礼を述べてみたのだが、そんなロレンに対して男は嫌《いや》みのない爽《さわ》やかな笑《え》みを向ける。

「王国内で難儀《なんぎ》する者を救うのは本来の我々の役目だ。気にすることはない」

「あんたら、どこの誰だ？」

言っていることは立派なのだが、なんだか妙にその目線が上から見ているような気がして、口元を手の甲《こう》で拭いながら立ち上がり、ロレンが質問してみると男は胸を張り、どこか誇らしげな様子で答えた。

「我々は、ロンパード王国近衛騎士団《きしだん》。私は団長のスターム・ロンパードと言う」

名乗られた名前に、ロレンはどう反応していいのか分からず口元を引き攣《つ》らせた。

ロンパード王国内で行動しているので、王国関係者に出会うというのはそういうこともあるだろうと考えていたのだが、まさかよりにもよってそんな中枢《ちゅうすう》に近い人物と出会うことになるとは思っていなかったせいである。

つい先日まで敵対していたということもあり、なんと応じたものかと考えるロレンへスタームと名乗った男は言葉を続けた。

「君達を助けたのは、我々の義務を果たすという意味もあるのだが。それ以外に頼《たの》みたいこともあるのだ。話を聞いてもらえないだろうか？　その様子からして君達は冒険者《ぼうけんしゃ》だろう？」

「依頼《いらい》をしたいということでしょうか？」

反応に困っているロレンの代わりに、ラピスがスタームに応じた。

どんな顔をしていいやらと思っているロレンとは異なり、ラピスは澄《す》ました顔に焦《あせ》りも混乱も見せることなく、堂々とスタームに応対している。

「その通りだ。あれだけの数のゴーレムをその人数で相手にできていた、ということは余程の手練《てだ》れと見た。その腕を買いたい」

真剣《しんけん》な面持《おもも》ちでそう切り出してきたスタームに、ラピスはどうしたものかとやや思案気な表情になりながらちらりとロレンの顔を窺《うかが》い、ロレンは答える言葉もないままにそっと首を竦《すく》めてみせるのであった。


腕を買いたいと言われても、はいそうですかと売れるような相手ではないことは間違《まちが》いなく、ロレンとしては返答に窮《きゅう》する。

何せつい先日まで敵対していた相手なのだ。

相手が自分のことを知っているのかどうかは分からなくとも、警戒するのは当たり前なのだが、王国の現状を考えるとにべもなく断るというのもどうなのかと考え、ロレンはスタームから詳《くわ》しい話を聞くことにする。

とはいえ、話をするにしてもある程度落ち着いた場所が必要だろうとスタームは近衛騎士団が現在拠点《きょてん》としているという砦《とりで》へロレン達を案内し、そこで話をすることになった。

「全《すべ》てはあの男が来てからおかしくなったのだ」

ロレン達を砦の一室に招いて、スタームはそう切り出してきた。

室内にいるのはロレン達のほかはスタームだけなのだが、部屋の外には他の騎士《きし》達《たち》などが詰めており、何かあって逃げ出すときには少しばかり大変だろうなとロレンは勧《すす》められた椅子《いす》に腰《こし》かけながら考える。

そんなロレンの考えを読んでいたのか、ラピスはロレンの肩を叩くと部屋の壁《かべ》をちょいちょいと指さし、グーラは軽く拳《こぶし》で壁を叩いてから問題ないとばかりに頷《うなず》く。

有事の際は、そこをぶち抜いて逃げる気なのだということはロレンにもすぐに分かった。

「最初は仰々《ぎょうぎょう》しいだけの男だと思っていた。しかしどういう手品を使ったのかあの男は王に気に入られ、気づいた時には国の中枢に深く入り込んでいた」

「その男、というのはなんという方だったんです？」

忌々《いまいま》しそうに語るスタームに、ラピスが問いかける。

下手にその男とやらの関係を気づかれれば、話が面倒なことになりかねない。

そう考えたロレンは話の前面にはラピスに立ってもらうことにして、自分は口を挟《はさ》まないようにしようと決めていた。

「マグナと名乗っていた。黒い鎧を着た剣士《けんし》だ」

「お一人だったんですか？」

「いや、周囲には何人か付き従っていたな」

スタームの言う付き従っていた何人かというのは、おそらくあのダークエルフであろうと思うロレンなのだが、それにしては数が合わない。

マグナに従い、邪神《じゃしん》へとその身を変えたノエルという女性がそれであるならば、スタームが何人かいたと話すのはおかしい話で、ノエル以外にもマグナに従っている者がいる、ということになる。

一人でも面倒《めんどう》なのに、その数が増えるというのはいい情報ではないなとロレンは渋面《じゅうめん》を作ったが、ラピスはちらりと視線でそんな顔をしたロレンを窘《たしな》めてから、改めてスタームに話の先を促す。

スタームの語った話は、その王に取り入ったマグナという男が、いつの間にやら王の強い信任を受け、国の税率を上げてみたり、税を払えない国民を多数どこかに連れ去ったりとやりたい放題を始めたというものであった。

それを止めようとした大臣や貴族は次から次へと原因不明の失踪《しっそう》を遂《と》げ、やがて王国は隣国《りんごく》である帝国《ていこく》にまでその手を伸《の》ばし始めたのだという。

「私も国に仕える身だ。王の決定ならば、それに従わざるを得ない。しかし今回の戦争はあまりにも無意味で無謀《むぼう》なものだった」

「それで離反《りはん》を？」

スタームが率いている近衛騎士団が素直に王に従い続けていたのであれば、今頃《いまごろ》は戦争の被害《ひがい》を受けて壊滅《かいめつ》しているか、あるいはマグナが何かしたらしい王国国民の大量失踪に巻き込まれていたはずである。

しかしながら砦に詰めている騎士の数は結構な数に上っており、被害を受けていたとしてもそれは非常に軽微《けいび》なものに止《とど》まっているように見えた。

「離反はしていない。我らの忠誠は王国に捧《ささ》げられている」

ラピスの言葉に幾分気を悪くしたようにスタームは低い声で応じ、ラピスはすぐさま失言だったとスタームに詫《わ》びる。

「そう取られても仕方がないことも分かっている。現状の王国を見れば本来我らがほぼ無傷で残っているわけがないのだからな」

「それでも残っている理由は？」

「私の独断で、帝国との戦争中に兵を引き、ここに逃げ込んだせいだ。それを離反と言うならば、その評価は甘《あま》んじて受けよう」

状況《じょうきょう》がよくないと判断し、致命的《ちめいてき》なことになる前に手を引いたということなのだろうとロレンは理解する。

傭兵《ようへい》としては当然の判断だと思うのだが、騎士としてはどうなのかロレンには分からないが、あまり褒《ほ》められた行動ではないのだろうと思う。

「こうなる前にあのマグナという男を王の周囲から排除できなかったことが過《あやま》ちであった。

しかしまだ手遅《ておく》れではない」

「そうやろか？」

思わず口を挟んでしまったらしいグーラが、スタームの険しい視線を受けて慌てて口に手を当てたのだが、グーラの言葉はロレンも同じく思うところであった。

大量の国民が失踪し、訳の分からないゴーレムがうろついているような時点で、とても国として復帰できるようには思えなかったのだが、スタームの考えは違うらしい。

「王さえ健在ならば、まだ我らがいる。あのマグナとその一党を排除し、国の建て直しを図《はか》りたいのだ。もちろん、帝国と事を構えた以上は今まで通りにとはいかないのだろうが、あの男さえいなければまだ間に合うはずだ」

本当にそうだろうかとロレンは内心で首を傾《かし》げる。

もしかするとスタームはそう思いたいだけなのかもしれない。

スターム達が自分の考えに基づいて破滅《はめつ》への道を歩くのはロレンからしてみれば勝手にすればいいくらいのことなのだが、それに一枚噛《か》んでくれと言われるのはあまり面白《おもしろ》い話ではなかった。

普段《ふだん》ならば、さっさと話を切り上げて逃げに入りたいところではあったのだが、マグナが関《かか》わっており、それを排除するという話なのであれば、多少無理な話でもある程度は検討する必要があり、ロレンはゆっくりと口を開く。

「あの男さえいなければ、と言うが。そいつを排除する手立てってのはあるのか？」

「無論だ。それがなければ手を貸してくれなどとは言わない」

そこまで語るとスタームは、ロレンの様子を窺うかのようにじっと見つめてみた。

おそらくはここから先の話は、スタームの話を受けるか受けないかで話すかどうかを決める気なのだろうと受け取ったロレンは、グーラとラピスの顔を見る。

グーラはあまり興味がないかのように目を伏《ふ》せ、ラピスはお好きにどうぞとばかりに肩を竦め、反対する意見がなさそうだと見たロレンはスタームへと告げた。

「話を受ける。先を聞かせてくれ」

マグナをどうするにしても、まずは会わなければ話が進まない。

そしてマグナに会うためにはあの大量のゴーレムや、おそらくはマグナ本人の周囲にいるのであろうノエルや取り巻きをなんとかしなければならず、自分達だけでは少々骨が折れると考えていたロレンである。

しかし、そのマグナを排除するための手立てが本当にあるならば、それに乗るのが最も手っ取り早いだろうと考えたのだった。

「聞いてから止める、というのは認められないぞ」

「これでも元傭兵だ。受けた話は反故《ほご》にゃしねぇよ。なんなら契約書《けいやくしょ》でも交《か》わすかい？」

冗談《じょうだん》めかしてロレンが言えば、スタームはしばらくロレンのことをじっと見つめた後、口を開いた。

「話を続けよう。マグナという男を排除するには、奴《やつ》のところまで行く必要がある。しかし、正面切って向かえばあの大量のゴーレムらしき奴らに邪魔をされる」

スタームが指揮している近衛騎士団自体はほぼ無傷で砦に詰めていたのだが、その兵力はとてもではないがロレン達が遭遇《そうぐう》したような大量のゴーレムを突破し、王城に至れるほどの数ではなかったらしい。

「残念ではあるが、ないものをねだっても仕方がない。手持ちの戦力でなんとかする方法を考えなければならないが、私はその方法を持っている」

「そいつはさっき聞いたよ。で、その魔法《まほう》みてぇな方法ってのは？」

「抜《ぬ》け道《みち》だ。私は王都郊外《こうがい》から王城まで続く抜け道を一つ知っている。これはおそらく私以外の誰も知らない道だ」

やけに自信ありげなスタームの様子に、逆にロレンは不安になる。

大体、王すら知らない王城への抜け道など存在するものなのだろうかと思うロレンなのだが、ラピスはロレンとは異なる受け取り方をした。

「失礼ですが、スターム様は王族でいらっしゃる？」

ラピスの言葉にロレンはスタームの名乗りを思い出す。

確かにスタームは国の名と同じ名前を名乗っており、それができるのは王族くらいなものである。

「継承権《けいしょうけん》は放棄《ほうき》し、騎士団を預かる身となっているがな」

「なるほど。緊急時《きんきゅう》の脱出路《だっしゅつろ》というわけですか」

納得《なっとく》したような雰囲気になるラピスなのだが、ロレンにはさっぱり分からない。

説明を求めるように軽くラピスの肩を叩くと、ラピスは何事かとロレンの方を見た後で、思い当たる節があったのか、ぽんと一つ手を叩いた。

「王城みたいなところには、王すら知らない抜け道が用意されていて、王に近しい人だけが知っているようなことがあるんですよ。ほら、王様って結構身内同士で争ったりもするわけで、簒奪《さんだつ》とかあったときに逃げ道を全部塞《ふさ》がれてたら大変じゃないですか」

「血腥え《ちなまぐせ》話だな」

「珍《めず》しい話じゃありません。大体どこの王家も歴史をひっくり返せば似たような血と屍《しかばね》のお話がごろごろしているものです」

訳知り顔でそんな風に言うラピスなのだが、ロレンからしてみれば興味もなく想像もしたくない話であって、その表情はげんなりとしたものへ変わる。

「どうでもいいが、その抜け道とやらを通って王城に忍び込むってわけだな」

「あ、あぁ。そうなるな」

見た目は可憐《かれん》な少女の様相を呈《てい》しておきながら、平気な顔で物騒《ぶっそう》なことを語るラピスに軽く引いていたのか、スタームが言葉に詰まりながら頷いた。

神官服を着ているということもあるのだろうが、なんだこいつはというような感想をスタームが抱くのも無理はないなと思いながらロレンは考える。

王すら知らない抜け道が本当にあるのだとすれば、王を何らかの方法で懐柔《かいじゅう》しているマグナにもその存在は知られていないと考えることができた。

その道を通って王城に奇襲《きしゅう》をかけることができるのであれば、マグナの排除という作戦自体の成功率はそれほど悪いものではないのかもしれない。

「作戦としては、騎士団の大半が陽動として王都に戦いを仕掛《しか》ける。奴らの目がそちらに向いている間に、選抜《せんばつ》隊が抜け道を通って王城を奇襲。マグナを排除し、王の身柄《みがら》を確保する、というものだ」

「決行は？」

「既《すで》に騎士団から腕利《うでき》きの者の選抜は終わっているので今夜にでも。本来は我々だけで実行に移すつもりだったが、あの戦いぶりを見る限り、君達が加わってくれれば作戦の成功率は増すものと考えている」

こういった作戦は、実行までの時間が長ければ長くなるほどに情報が漏《も》れたり、何らかの原因で失敗する可能性が高くなる。

やると決めたのであれば、速やかに実行するべきであり、スタームの判断は正しいだろうとロレンは判断した。

そして最後に聞いておかなければならないことがあると、ロレンは口を開く。

「報酬《ほうしゅう》は？」

「首尾《しゅび》よく王の身柄を取り戻せれば、私に支払《しはら》える範囲《はんい》で可能な限り支払おう。国が建てなおすまで待ってもらえるなら、望めるだけのものを支払うことを約束する」

随分と気前のいいことだと思うロレンなのだが、同時にスタームの言う条件が空手形に近いということも理解していた。

いずれにしても作戦が成功しない限りは、報酬は支払われないということだからだ。

国が建てなおせば、などというのは傭兵ならば検討にも値しない条件なのだが、今回に限っては報酬よりもスタームの言う抜け道を利用させてもらうことの方が重要であるので、報酬については貰《もら》えれば幸運だ、くらいに考えることにしてロレンは頷く。

「いいだろう。その条件で雇《やと》われようじゃねぇか」

「よろしく頼む。君さえよければ騎士として扱《あつか》うが……」

「そいつは御免蒙《ごめんこうむ》る。俺は気楽な稼業《かぎょう》が性にあってるんでね」

スタームが手を差し出しながら口にした条件を、ロレンは即座《そくざ》に断る。

自分が騎士とか何の冗談なのやらと思いながらも、ロレンは差し出された手を握《にぎ》り返す

のであった。

結局ロレン達はスタームに雇われることにした。

細かな契約《けいやく》条件などについて、ロレンはそれらの取り決めをラピスに一任してしまう。

傭兵としても冒険者としても、褒められた行動ではないことはロレン自身もよく理解していたのだが、そもそもスターム達から報酬を得られる可能性は低いと考えており、そういった含《ふく》みもあって自分よりも口が達者そうなラピスに任せたのであるが、ラピスはスタームとの交渉《こうしょう》を早々に切り上げてしまった。

「ことが終わったら子爵《ししゃく》くらいにはしてくれるそうですよ」

スタームとの話を終えて、にこにこと笑うラピスにロレンは頭からその言葉を信じてい

ないということが丸わかりな表情で尋《たず》ねた。

「そいつは豪儀《ごうぎ》だが……払ってもらえると思うか？」

どこの誰《だれ》とも知れない相手に貴族の地位を約束するというのは、報酬としては破格の高さであろうとロレンは考える。

それだけに本当に支払う気があるのかという疑問が湧《わ》いたのだが、ラピスはロレンの質問を即座に笑い飛ばした。

「まさか、ですね。スタームさんはその気があるかもしれませんが周囲が許さないでしょう。そもそも王族すら知らない抜け道の存在を知ってる部外者が、事が終わった後でも生きていられるとは思えません」

ロレン達が元々スターム達の国の人間であったのならば、少しは話が違《ちが》ったのかもしれないが、完全に外の人間であるロレン達が知るにしてはスタームの言う抜け道の情報はあまりにも重要すぎた。

下手をすれば後の王族の身に危険が及《およ》ぶかもしれないという疑いが消えることがない以上は、それを知ってしまった人間の処理の方法など限られてくる。

「最初から使い捨てる気か？」

「スタームさんにその気がなくとも、周りがそうするだろうということです」

門外不出の秘密を知った人間の末路など、大体皆《みんな》同じだと笑うラピスである。

あまりに物騒な話にグーラが嫌そうな顔をしてみせたのだが、それが普通《ふつう》だろうと思うロレンはラピスの言葉を聞いても、表情を変えることはなかった。

「理想はマグナさん達と共倒《ともだお》れになってくれることなんですけどね」

「ラピスちゃん、黒いわぁ……」

「邪神に言われたくはないですよ」

そんな会話を他に聞かれないようにこそこそとしていたロレン達なのだが、マグナに会うためにはやはりスタームの話に乗るというのが最も手っ取り早いように思えた。

「背中から刺《さ》されねぇように注意しつつ、前にいる敵にも気を配るってか。面倒だな」

「そうですね。まぁ面倒や危険は毎度のこととも言えますが」

「もっと気楽な仕事がしてぇ……」

「うちの母様の仕事を継《つ》ぎます？　大きなお家の一番大きな部屋でふんぞり返っているだけで終わる仕事ですが」

「お前……きっとお前の母親はもっとちゃんと仕事していると思うぞ」

ラピスの母親というのは、魔族の中に何人かいるらしい魔王《まおう》の一人である。

魔王の仕事、と言われるとラピスが口にしたようなことではないかという雰囲気《ふんいき》が漂《ただよ》ってしまうことを止められないロレンなのだが、実際は領地を持ち、領民を持つ身として想像することはできないまでも結構大変な仕事があるはずだとロレンは思っていた。

ただ、実の娘《むすめ》がそんなことを言うということは、もしかすると本当に玉座でふんぞり返っているだけで務まる仕事なのかもしれないという思いが湧き出してくる。

「ただし、上司は大魔王陛下ですが」

「あぁ、そりゃ遠慮《えんりょ》してぇ。俺の華奢《きゃしゃ》な精神じゃもたねぇわ」

そんなくだらない会話で時間を潰《つぶ》していたロレン達《たち》は、作戦決行の時間になるとスタームとその配下たちと共に、砦から王都への抜け道があるらしい場所へと移動を開始することになった。

他の砦へ詰めていた兵士達は、王都の警戒《けいかい》の目を余所《よそ》に向けさせるためにロレン達より一足早く砦から出陣《しゅつじん》し、まるで見当違《けんとうちが》いの方向で騒《さわ》ぎを起こす手はずになっている。

「ここがそうだ。この中に抜け道への入り口がある」

夜の闇《やみ》の中、スタームが松明《たいまつ》の明かりで指し示したのは小さな祠《ほこら》であった。

周囲に人家の類はなく、祠自体も人が二人も入れば窮屈《きゅうくつ》で身動きが取れなくなりそうな程度の広さしかない。

その祠の中心には、ロレンにはなんだかよく分からない、人の背丈《せたけ》ほどの石像が祭られていたのだが、スタームとその配下の兵士が一人、祠の中に入り込むとその石像にしがみつくようにして力を込め始める。

長い間動かされることがなかったせいか、あるいは石像自体の重さのせいなのか、石像はしばらくは動き出すような気配がまるでなかったのだが、やがてスターム達の力に根負けしたかのように、小さく軋《きし》む音を立てながらゆっくりと背中側へ倒《たお》れていった。

倒れた石像の足下《あしもと》には、人がどうにか一人潜《もぐ》れるだろうと思われる程度の穴が口を開いており、どうやらそこが抜け道の入り口らしい。

「ここを潜るだけでも結構時間がかかりそうやね」

グーラが待機しているスタームの部下達を見回しながら呟《つぶや》く。

王城に奇襲をかけるといっても、抜け道自体がそれほど多数の人間が移動できるほどの規模ではないことを知っているスタームは、ロレン達の他には十名ほどの部下しか引き連れて来ていない。

ロレン達とスタームを加えて総勢十数名といった人数になるのだが、狭《せま》い入り口を一人ずつ抜けて行けば、確かにグーラの言う通りに結構な時間を消費することになるはずだった。

「他に道はない。なるべく急ぐしかあるまい」

スタームの指示に従って、兵士達が次々に入り口を潜って抜け道へと下りていく。

ラピスもその後に続こうとしたのだが、ロレンが何やら難しい顔をして足を止めているのを見て、不思議そうにその顔を見つめた。

「俺、ここ潜れると思うか？」

言われてラピスは自分が潜ろうとしていた穴を見る。

ロレンは体が大きく、しかも筋肉質だ。

これがぷよぷよとした体であったのならば、多少無理やり押《お》し込めばどうにか、という考えもできたのだが、ロレンほどがっしりとしていると、なかなかそれも難しいように思える。

「大剣《たいけん》を外して私に渡《わた》してください。たぶんそれでぎりぎり通れるんじゃないかと」

「俺がここの王族だったら、抜《ぬ》け道から出られなくて殺されるような間抜《まぬ》けな最期《さいご》を迎《むか》えてたとこだな」

冗談めかしてそんなことを言いながら、ロレンは背中の大剣を外すとその刀身を覆《おお》っている布ごとラピスに渡す。

受け取った大剣を大事そうに抱《かか》えながら、抜け道への入り口をするりと身を滑《すべ》らせたラピスを見て、スタームが驚《おどろ》きと感心の入り混じった声をあげた。

「我々でも持ち運ぶのに難儀しそうな代物《しろもの》なんだが」

「冒険者なんてやってる神官だからな。鍛《きた》えてんのさ」

少しは重そうなふりをしろ、と内心で毒づきながらロレンはラピスが潜ったばかりの穴へ体を滑り込ませる。

ロレンの大きな体は予想通り、かなりつっかえそうな気配ではあったのだが、多少あちこちを擦《す》ったり凹《へこ》ませたりすることでどうにか穴を潜ることができた。

「帰りを考えたくねぇ……」

「最悪、入り口を吹《ふ》き飛ばすかグーラさんに破壊《はかい》してもらいましょう」

「ラピスちゃん、人目、人目気にしてぇな？」

先に潜ったラピスから大剣を返してもらいながら、ぼやいたロレンにラピスが物騒な言葉をこそりと呟き、慌《あわ》ててグーラが突っ込みをいれる。

「時間が惜《お》しい。急ぐぞ。入り口はここから閉められる」

入り口を外から開くのは完全に人力だったのだが、倒れた石像を元に戻《もど》すのは通路側から何らかの機構で行えるらしく、軋んだ音が聞こえたかと思うとロレン達が潜ってきた入り口が上から塞がれる。

それを確認《かくにん》してから、これから敵地へと乗り込むせいで緊張《きんちょう》感が満ちている兵士達は、最後に下りてきたスタームの号令で、真っ暗な抜け道の先へと進み始めた。

高さはどうにかロレンが腰をかがめずに立てる程度しかなく、横幅《よこはば》は兵士が二人も並べば一杯《いっぱい》になる程度の通路は、確かに人の手によるものだと主張するかのように天井《てんじょう》と壁とが石造りになっている。

「足元は土がむき出しなんやな」

「床《ゆか》を石畳《いしだたみ》にしますと、足音がしますからね」

グーラの疑問に答えたラピスの言葉に、そんなところまで考えているのかと抜け道を造った誰かに感心しながら兵士達の後を追って進むロレンは、松明の明かりだけを頼《たよ》りに先へと進む。

自分が転んだりすると、起きるのも大変だろうし、誰かを巻き込めばそれこそ大惨事《だいさんじ》になりかねないだろうなと思い、慎重《しんちょう》に歩を進めていたロレンは、いくらかの時間が経過した後、兵士達の足が止まったのを見て自分も足を止めた。

「この上だ。この上が王城になる」

見れば通路の先は行き止まりになっており、石造りの天井の一部が鉄の板になっている。

スタームが壁際《かべぎわ》で何かを操作すると、その鉄板が観音開きになった。

「気をつけろ。外に誰かいるかもしれん」

大した高さではないからと、兵士達が開いた出口を足場もないままに縁《ふち》に手をかけて体を引き上げていく。

　こちらの出口はロレン達が入ってきた入り口よりは広く造られていて、ロレンもあまり苦労することなく出口の縁に手をかけて地上へと体を引き上げることができた。

「どこだここは？」

　体を引き上げた先は巨大《きょだい》な棺《ひつぎ》の中であった。

　その蓋《ふた》は先に出た兵士達の手によって既に開かれていたのだが、ロレンは自分に続いて体を引き上げようとしていたラピスに手を貸して、その体を持ち上げてやりながら周囲の様子へ目を走らせる。

　明かり採りの窓から差し込む月の光で、ぼんやりとだが照らし出されているその空間にはいくつもの棺が並べられていた。

　その隙間《すきま》に立って警戒している兵士達の姿を見ながら、ロレンはラピスに続いてグーラの体も引き上げてやり、棺の外へと足を踏《ふ》み出す。

「地下墓地、というやつでしょうか。王城の地下にこんなものが？」

「代々の王が眠《ねむ》る場所だ。この一番大きな棺は初代国王のもの、とされているが実際はこの通り、抜け道の出入り口になっている」

王城に侵攻《しんこう》した側からしても、抜け道の存在を探すのに死者が眠る棺を暴《あば》いてまで探すだろうかと考えると、難しいのではないかと思われた。

死者の尊厳を冒《おか》すような隠《かく》し場所ではあるのだろうが、そこを無視するか妥協《だきょう》することができるのであれば、なかなか優《すぐ》れた隠し場所だとロレンは思う。

「じゃあ本来ここで寝《ね》てるはずの王様ってのは？」

「周囲にある棺のどれかに葬《ほうむ》られている。どれがそうなのかまでは私も知らないな。それより早く移動しよう。ここはマグナ達にも見張られていないようだが、何かの拍子《ひょうし》に気づかれないとも限らないからな」

兵士達がその身に携《たずさ》えていた剣を次々に抜き放つ。

城内の人間がどこまでマグナの支配を受け入れているのか分からない状況では、全てが敵に回っている可能性も考慮《こうりょ》しなければならず、ロレンも背中の大剣の柄《つか》を掴《つか》んだ。

「行くぞ。味方が敵の注意を引き付けている間に王の身柄を奪還《だっかん》し、マグナ一党を排除《はいじょ》するのだ」

同じく剣を抜き放ち、スタームがその剣を掲《かか》げながらそう言い放つと、兵士達はそれに応じるようにはっきりと頷き、すぐさま行動を開始するのであった。

第六章　潜入から崩壊する

幾《いく》つかの松明《たいまつ》が灯《とも》される。

ロレンやラピス、グーラは真《ま》っ暗闇《くらやみ》の中でも周囲を見通すことができるので、特に明かりの類《たぐい》は必要なかったのだが、スターム達はそうはいかない。

明かりを点《つ》ければ見つかる可能性が増えるといっても何も見えないのではそもそも行動することができないのだから、仕方がないとはいってもやはり、人というのは隠密《おんみつ》行動に向いていないないなとロレンは考える。

〈お兄さん、考え方が人外になりつつありません？〉

ぼそりと告げられたシェーナの言葉に、思わず漏れかけた声を手で押さえて、ロレンはそのシェーナに周囲の状況を探《さぐ》ってくれるように頼む。

アンデッド最上位である死の王たるシェーナは、闇を見通す目をロレンに与《あた》えると同時に、周囲に存在する生命をかなりの精度で探知することができるのだ。

だからこそそのお願いであったのだが、すぐにシェーナがロレンの視界に同調させてきた探索《たんさく》結果に、ロレンは再び声を漏らしかけて手で口を押《お》さえた。

〈これ、完全に囲まれてませんか？〉

自分達を囲む生命の反応は、とてもその場所がノーマークであったとは考えにくいような数であった。

これは確実に待ち構えられていたなと思うロレンへ、自らの感覚で同じことを感じ取ったらしいラピスが、諦《あきら》めたような口調で呟く。

「考えてみると、地下墓地に抜け道って定番過ぎて警戒してない方がおかしいレベルですよね」

「そういうものか」

「たぶん。結構ありがちな場所かと」

王城の抜け道に詳しいわけもないロレンに尋ねられて、ラピスはそっと肩《かた》を竦める。

同じことをグーラも邪神としての能力で感じ取っていたのか、溜息《ためいき》を吐《は》き出してからそっと離《はな》れた所にある柱を指さし、何事かと身構える兵士達を無視して小さくはっきりとした声を発した。

「燃えろ」

それが魔術《まじゅつ》の行使だということを突如《とつじょ》として燃え上がった石の柱が全員に教えた。

こっそりと隠れてやってきたと言うのに、何をするつもりなのかと問い質《ただ》そうとした兵士の一人は、燃え上がった柱の陰《かげ》から悲鳴と共に体に火が燃え移った人影《ひとかげ》が転がり出てきたのを見て口を噤《つぐ》む。

「待《ま》ち伏《ぶ》せか⁉」

誰かが叫《さけ》んだのを契機《けいき》に、周囲の柱の陰からわらわらといくつもの人影が姿を現し始め、それに対してスターム達は手にしていた剣を構えて円陣《えんじん》を組み始める。

「反応が遅《おそ》いんじゃないでしょうか？」

柱の陰から現れた人影は、明かりを用意することもなくその手に弓と矢をつがえていた。その鏃《やじり》の先をスターム達に向けようとした一人の上半身が、何の兆《きざ》しもないままにいきなり消失し、残った下半身が切断面から血を噴《ふ》きだしながらその場に崩《くず》れる。

負けじと他の人影が手にしていた矢を放ち、松明を手にしていた騎士《きし》の喉元《のどもと》を貫《つらぬ》いてその体を仰《の》け反《ぞ》らせた。

「敵だ！　迎え撃《う》て！」

「悠長《ゆうちょう》やねぇ……」

ここでようやく迎撃《げいげき》の指示が飛んだ騎士達を、呆《あき》れた目で見ながらグーラは人影が盾《たて》にしている柱を次々に指さしていく。

それだけの動作で石で造られているはずの柱がまるで丸太か何かのように燃え上がり、炎《ほのお》に煽《あお》られるようにして陰から出てきた人影へ、ラピスが放った〈気弾《フォース》〉の法術が撃たれる。

ロレンとて黙《だま》ってその場に立ち尽《つ》くしているわけではなかった。

飛んでくる矢を大剣の腹で弾《はじ》いて防ぐと、シェーナのおかげで闇の中でも昼間と変わらないように見える視界を活《い》かし、素早《すばや》く射手との間合いを詰《つ》めるとその刃《やいば》を一閃《いっせん》。

ほとんど抵抗《ていこう》なく肩口《かたぐち》から脇腹《わきばら》まで一直線に切り裂《さ》かれた射手が悲鳴を上げることもなく倒れていくのを見ることもなく、別の射手へと襲《おそ》い掛《か》かる。

乏《とぼ》しい明かりの中で、飛んでくる矢の射線を見切ることは本来非常に難しい。

だが〈死の王〉の視界を得ているロレンならば、それを見切ることは容易《たやす》く、飛んでくる矢を大剣で弾き、あるいは射線から身をひるがえすことで回避《かいひ》しながら別の射手へと接近したロレンは、その射手が背中を見せ、慌てて逃《に》げ出そうとするところに大剣の切っ先を突《つ》き入れ、力任せに突き入れた大剣を捻《ひね》る。

ただでさえ大きな傷をこしらえられたところにその刃を捻られれば、射手の背中には大穴と形容してもいいような口が開き、そこから大量の血を噴きだして絶命。

力を失ってだらりと四肢《しし》を垂らしたその体を蹴《け》りつけて、大剣の刃を引き抜いたロレンは蹴られて吹っ飛んだ射手の死体が柱に激突《げきとつ》し、仰向《あおむ》けに倒れたのを見て目を見開いた。

その装備は弓兵としてはありがちな軽装の革鎧《かわよろい》である。

手にしている弓も、とりたてておかしなところは見受けられない。

しかし、死体となったその顔が問題であった。

その射手は男性であったのだが、女性と見まがうような容貌《ようぼう》で肌《はだ》の色は濃《こ》い褐色《かっしょく》。

まるで短剣《たんけん》の刃のように長く尖《とが》った耳は決して人族のものではない。

「こいつら、ダークエルフか!」

以前にマグナの傍《かたわ》らで見たノエルという女性が元はこの種族であった。

絶滅危惧種《ぜつめつきぐしゅ》と言われるほどに現在では数の減っている種族らしいのだが、そのダークエルフが命を失った虚《うつ》ろな瞳《ひとみ》を開いたまま、仰向けに転がっていたのだ。

近似《きんじ》の種族であるエルフからも、そして世界で最も数が多いとされる人族からも迫害《はくがい》されたらしいその種族が、自分達を包囲している者達の正体だと知ってロレンは驚く。

「色欲化したあのダークエルフ。確か自らの望みのためにマグナに付き従っているとかなんとか以前に言ってましたよね」

「個人じゃなく種族か部族か知らないが、一族郎党《ろうとう》が軒並《のきな》みマグナに従っているってことか? そりゃ厄介《やっかい》な話じゃねぇか」

闇に溶《と》け込みやすい容姿に、闇の中でも見える目。

優れた身体能力に、弓を扱わせればエルフ並みに卓越《たくえつ》した射手であるダークエルフと事を構えるのに、現在ロレン達が置かれている環境《かんきよう》は最悪と言えるものであった。

ロレン達はともかくとして、スターム達はダークエルフ達がどこから弓を撃っているのかすら把握《はあく》できないままに、次々と被害者《ひがいしや》を増やしていってしまっている。

「これは私達が一生懸命《いつしようけんめい》迎撃しないと、ここで全滅《ぜんめつ》もありえますね」

「襲撃《しゆうげき》されたってことは、もう俺達《おれたち》の存在はあっちにバレてんだろうから隠密的にこっそりと行動する必要はなくなったんじゃねぇか？」

「なるほど。それならばグーラさん、よろしくお願いします」

「自分でやったらえぇのになぁ。まぁしゃーないか」

ラピスに乞《こ》われてグーラは身近な呪文《じゆもん》を口にしながら大きく手を振《ふ》る。

その動作一つで地下墓地の空間のあちこちに、魔術による強い光が灯った。

その光に照らされて、隠れていた場所で慌てだすダークエルフ達なのだが、同じくスターム達もいきなり現れた光源に慌てだす。

「敵に我々の存在がばれるだろう！」

「襲撃受けた時点でもうバレてんじゃねぇか。視界が確保できねぇ状態じゃ下手すりゃこっちが全滅するぞ」

「しかし！」

「要は相手に満足な迎撃をさせねぇうちに目的を遂《と》げりゃいいのさ。つまりは急げってことで、さっさとここにいる射手を始末すんぞ」

派手に明かりをつけたことに抗議《こうぎ》するスタームだったが、ロレンにそう諭《さと》されれば反論する余地もなく、小さく唸《うな》った後ですぐさま頭を切り替《か》えて配下の騎士達《きしたち》へ指示を出す。

暗闇の中であったのならば、ダークエルフ達が圧倒的《あっとうてき》に有利な状況であったのだが、視界がきちんと確保されたのならば、騎士達とて厳しい訓練を受けてきた者達であり、飛来する矢を切り払《はら》い、隠れているダークエルフ達へ切り込んで行く。

弓を使う利点が失われたことはダークエルフ達もすぐに理解したらしく、弓を捨てて短剣を抜き、切り込んできた騎士達との間で刃を交え始めたのだが、切り合いとなれば圧倒的に騎士達が技術も経験も長《た》けており、騎士達は多少の被害《ひがい》を出しはしたものの、包囲していたダークエルフ達を一人ずつ屠《ほふ》っていった。

やがて全《すべ》てのダークエルフ達が床へと倒れると、スタームはすぐに味方の被害を確認する。

「矢で三人、切り合いで一人やられました」

「かなり痛いが、仕方あるまい。すぐに移動を開始する。この時間ならば王は寝室《しんしつ》におられることだろう」

十数名の突入部隊のうち、四人が倒れたとなれば被害としてはかなり痛い。

しかしスタームは撤退《てったい》という選択肢《せんたくし》を選ぶことなく、このまま任務を続行することを選んだ。

陽動に部隊を動かし、スタームにとってはとっておきだったはずの抜け道を使っての作戦に失敗すれば、次の機会はもうないものと考えられ、退《ひ》くに退けない状況《じょうきょう》なのだろうということはロレンにも分かるのだが、出だしでいきなりこけた状態では、先が思いやられると思うロレンの耳に、やや年齢《ねんれい》のいった男性の声が飛び込んできた。

「それには及ばぬ。スタームよ。何故我《なにゆえわ》が足下《そっか》を騒がす？」

ダークエルフ達の死体が転がり、血の臭《にお》いが色濃《いろこ》く残る地下墓地の大気に、響《ひび》き渡るようなその声にロレン達は身構え、スタームは何かしら信じられないものと出会ったかのように顔を強張《こわば》らせつつ目を見開いた。

その視線の先には、豪奢《ごうしゃ》な王の装束に身を包んだ中年の男と。

それに付き従うように背後に控《ひか》える黒い鎧《よろい》の剣士《けんし》と、扇情的《せんじょうてき》な衣服に身を包んだダークエルフの女の姿があったのだ。

「陛下……」

「我が近衛、スタームよ。我が問いに答えよ。我が父祖の眠るこの場所で、この狼藉《ろうぜき》は何のつもりか。返答次第《しだい》によってはいかにそなたといえども、ただでは済まさぬ故心して答えるがいい」

本来の目的として助けに来た主君から、逆にその行為《こうい》について詰問《きつもん》されるに至り、スタ一ム達に動揺《どうよう》が走る。

だがそんなことよりもロレン達は別に気になることがあり、その視線は王の背後に控えているマグナの姿に注がれていた。

「腕《うで》も鎧も修復されてしまっていますね」

「厄介な奴だ。息の根を止めねぇと延々治るんじゃねぇかあいつ」

マグナの腕は、以前にロレンが片方を叩《たた》き切っていた。

しかし、ノエルの手によりとある古代王国の遺跡《いせき》にてマグナはその傷を癒《いや》したらしく、そんなことがあったような形跡《けいせき》は残されていない。

さらにその身に纏《まと》っている黒い鎧も、同じくロレンに切られていたはずなのだが、こちらもそんな傷の痕跡《こんせき》など微塵《みじん》も残されてはいなかった。

厄介が過ぎるだろうと内心で舌打ちしつつラピスと言葉を交わしていたロレンだったのだが、スタームを問い詰める王の姿を満足げに見ていたマグナとふと視線が合う。

まさかここにロレンの姿があるとは思っていなかったのか、一瞬《いっしゅん》驚《おどろ》きに顔が歪《ゆが》み、さらに苛立《いらだ》たしげな表情になったマグナは、スタームを睨《にら》みつけている王へ背後から声をかけた。

「王よ。事の次第などどうでもいい。貴様の配下は外に助けを求めたらしいぞ。結果として私の配下が被害を受けたこの失態をどうしてくれる」

「申し訳ありませんマグナ様。すぐに」

この場にあってロレン達に敵対する戦力はマグナとノエルの他は、王本人しかいない。

その戦力ですぐさま自分達を捕《とら》えるのは無理だろうと考えるロレンの脳裏《のうり》に、シェーナが警告の声を発した。

〈お兄さん！　接近する生命反応多数です！〉

「スターム！　増援《ぞうえん》が来るぞ！　どうするつもりだ!?」

王に詰問され動けずにいるスタームへ、ロレンは叫ぶ。

「王よ！　目を覚ましてください！　貴方《あなた》はそのマグナに騙《だま》されている！」

「黙れスターム！　この私に！　王国に！　そして我が主たるマグナ様に弓引く行為はもはや許すことはできぬ！」

「乱心なされたかっ……」

どうにか説得をとでも考えたのかもしれなかったが、スタームの懇願《こんがん》を王はにべもなくはねつけ、憎《にく》しみすら籠《こも》った視線でスタームを見る。

その視線にもはやどうすることもできないと悟《さと》ったのか、スタームは即座に配下の騎士達へと叫んだ。

「撤退する！」

「させると思いますか？」

逃げるといっても、逃げ場はこの場に来るときに使った抜《ぬ》け道《みち》くらいしかない。

だからこそほぼ全員の視線が過去の王の棺の一つへと向けられ、騎士達の足はそちらへと進みかけていたのだが、そうはさせじとばかりにノエルがその棺を指さすと同時に、棺全体が炎に包まれ、そちらに進みかけていた騎士達がたたらを踏んだ。

「つまんねぇことになってきたな」

真紅《しんく》の炎を上げて燃える棺は、到底《とうてい》そこを抜けて抜け道へと入れるようには見えない。

となれば、別の脱出口《だっしゅつこう》を探すしかないと歯噛《はが》みするロレンはノエルの魔術を合図にしたかのように地下墓地への入り口を潜ってなだれ込んでくる王国兵士達の姿を見て、そうぼやいたのであった。

「騎士共を捕えろ！　抵抗するようならば殺して構わない！　ただあの大男だけは生かして捕えろ！　用がある！」

「俺《おれ》も手前《てめ》ぇに用があるが、引っ立てられんのは御免《ごめん》だぜっ！」

マグナの指示を受けて殺到《さっとう》する兵士達。

黙って捕えられる気はないのか、それに応戦するスターム達は数の上では圧倒的に不利な状況でありながら、それでも次々に兵士達を打ち倒していく。

元々騎士と兵士を比べれば、大体の場合は騎士の方が強い。

さらにスターム達はその騎士の中から選び抜かれた近衛騎士である。

一般的《いっぱんてき》な兵士達とは積んできた訓練や経験に隔絶《かくぜつ》した差があり、技量においては比べものにならないのが騎士なのだ。

さらに数で圧倒したい兵士側ではあるのだが、地下墓地の入り口はそれほど多くの者を通せるほど広くはなく、結果として入り込んできた少数の兵士達を騎士達が連携《れんけい》して次々に倒していくといった状況になっていた。

「あの火を消すことはできないか！」

切り倒した兵士を足蹴《あしげ》にしながらスタームが声を張り上げる。

戦況《せんきょう》としてはまだ騎士達の側がいくらか優勢ではあるものの、ロレン達を加えても十名程度の戦力で、城中の兵士を倒し切れるわけはないとスタームは考える。

いずれ力尽《ちからつ》きることが分かっている以上はなんとかしてこの場から撤退することを考えなければならないのだが、兵士達の中を切り抜けて地下墓地への入り口に到達《とうたつ》することは難しい。

抜け道への入り口である棺を包む炎が消えれば、そこから逃げ出すことができるはずではあるのだが、一向に消える気配のないその炎は騎士達がなんとかそれを消そうと近づいてみても、それを追い返すような熱気を周囲に撒《ま》き散らしていた。

〈シェーナ。エナジードレインを〉

魔術の炎であるならば、シェーナのエナジードレインで消すことができるのではないかと考えたロレンは、自分の内側にあるシェーナの意識に呼びかけてみたのだが、返ってきた答えはよくないものであった。

〈既《すで》に試《ため》しているんですが、消える気配がありません〉

「ロレンさん、あれは術者をなんとかしないと消せない類のものだと思います」

ロレンが何をしているのか、なんとなく察したらしいラピスの言葉にロレンは襲い掛かってくる兵士を二人ほどまとめて薙《な》ぎ払いながら、棺を燃やし続けている魔術の術者であろうノエルの方を見るが、ノエルはマグナや王と共に兵士達の厚い包囲網《ほういもう》の向こう側にいるせいで、すぐには手を出せそうになかった。

「そんな焦《あせ》らずとも、あちらの戦力が城の兵士だけなら私とグーラさんとでどうとでもなると思いますよ」

神官服を着ているラピスと、露出《ろしゅつ》の多い軽装であるグーラを与《くみ》しやすいと見たのか、兵士達がこの二人に殺到する。

しかし、グーラに近寄ろうとした兵士達は何が起きたのかも理解しないままに次々とその姿を消されていき、ラピスに近寄ろうとする兵士達は突きだしたり振りかざした武器をラピスの体に当てることもできないままに、無造作に繰《く》り出されるラピスの拳《こぶし》や足の一撃《いちげき》を受けて、壁《かべ》や柱まで吹き飛ばされて激突して床へと転がった。

「とんでもねぇな」

「スタームさん達がいなければ、もっと簡単なんですけどね」

騎士達が兵士達の迎撃に手一杯《ていっぱい》で、自分の方へ注意を払う余裕《よゆう》などないだろうと考えているのか、いくらか容赦《ようしゃ》のないラピスなのであるが、それでももしかしたらと考えればあまり無茶《むちゃ》もできない。

「グーラさんもほどほどにお願いしますね」

「ふっふっふ。うちの魔術の粋《すい》を見せたるわ！」

事情を知るロレンやラピスから見れば、兵士達が消失していく現象は間違《まち》いなくグーラの権能によるものなのだが、人目のある状況でグーラはあくまでもそれを魔術によるものだと言い張るつもりらしい。

他に説明のしようもないのだから、好きにさせておくかと片手間に近くの兵士を切り倒しながら思うロレンは、途切《とぎ》れることなく地下墓地へと入ってくる兵士達に向けて強めに一歩踏み出しながら握《にぎ》っていた大剣を大きく振り回した。

その一撃は石の柱を切り裂き、刃が描《えが》いた軌道《きどう》の途中《とちゅう》にいた兵士達の体をまとめて切り裂き、さらにもう一本の石の柱をあっさりと切りながら振り抜かれ、悲鳴と真っ赤な血《ち》飛沫《しぶき》を生産し、後続の兵士達の足を止めてしまう。

そこへさらにロレンが大剣を一閃させると、まとめて胴体《どうたい》を薙がれた数人の兵士がその背後にいた兵士達へ血潮と肉片《にくへん》をぶちまけ、前へと出るロレンを恐《おそ》れでもしたかのように下がりだす兵士達が出始めた。

「冒険者《ぼうけんしゃ》風情《ふぜい》が手を煩《わずら》わせてくれる」

下がりだした兵士達をかき分けるようにして前へと出たのはマグナであった。

ノエルの姿が王の傍らにあるのを確認してから、大剣を構えてマグナと対峙《たいじ》するロレンへ忌々《いまいま》しそうな視線を向けながら、マグナは下がりつつある兵士達へ指示を出す。

「こいつの相手は私がする。お前達は騎士と女共を何とかしろ」

騎士はともかく女性陣《じょせいじん》に関しては、確実に自分より手ごわいはずなのだがと思いながらもロレンは進み出てきたマグナに対して大剣を構える。

対するマグナはどこからともなく取り出した盾を左手に構え、だらりと垂らした右手に何度か目にしている長剣《ちょうけん》を構えた。

オーソドックスな盾使いの構えではあるが、奇《き》をてらわないということはそれだけ堅実《けんじつ》な構えであり、相手にするのは面倒《めんどう》そうだとロレンは顔を顰《しか》める。

「いくぞ下郎《げろう》」

言葉と同時にマグナが盾を構えたまま突っ込んでくる。

ただの盾ならば、今の大剣を使えば盾ごとその後ろにいるマグナを切り裂くことができるのにと思いながら、掬《すく》い上げるように放ったロレンの一撃はマグナの盾の表面で火花を散らし、そのまま力負けして押し込まれてしまう。

ここで踏ん張れば、すぐに右の剣が襲い掛かってくるはずだとロレンは力負けした勢いそのままに後方へと飛ぶのだが、マグナの追撃《ついげき》は素早かった。

すぐさま盾を構えなおすと、飛びのいたロレン目がけてまた突進《とっしん》してくる。

ロレン自身、少なくとも人と戦った場合に力負けするということをほとんど経験したことがない。

得難《えがた》い経験ではあるのだろうが、好ましい状況でもないものだと思いながら、再び大剣を盾の表面へと叩き付ければ、今度はマグナはその一撃を受け止めようとせず、刃が当たる瞬間《しゅんかん》にわずかに盾の角度を変え、ロレンの一撃を受け流してしまう。

ロレンが並みの剣士であったのならば、一撃の威力《いりょく》を受け流されたことで大剣の重さに引きずられ、大きく体勢を崩すところではあったのだろうが、ロレンとて大剣の扱《あつか》いに関してはそれなりに長い年月を費やして来ている。

受け流されたと分かった瞬間に、腕の力だけで流された大剣を引き戻すと体が泳いだところへ一撃を入れようとしていたマグナの剣を受け止めた。

「この野郎《やろう》っ！」

気合の声を上げて、噛《か》み合った刃を支点にマグナを押し返そうとしたロレンは、即座《そくざ》に腹部に衝撃《しょうげき》を感じてそのまま後ろへ弾かれる。

蹴られたのだと分かった瞬間には再び、マグナの構える盾が眼前へと迫《せま》って来ており、迎撃を諦めたロレンはすぐさま床に転がるようにして身を投げ出し、盾による打撃《だげき》を回避した。

「しぶといな」

転がるロレンを切り捨てようと振り下ろされた刃を、さらに回転して避《よ》けるとロレンは立ち上がりながら背後からロレンへ切りかかろうとしていた兵士を、その場で一回転しながら繰り出した大剣の刃で切り倒す。

「傭兵《ようへい》ってのはそういうもんだ！」

腹の部分から断《た》ち切られ、二つの肉塊《にくかい》となった兵士の上半身を掴むとロレンは力任せにマグナへと投げつける。

筒状《つつじょう》の肉やら血やらをふりまいて、宙を飛んだ兵士の死体はまっすぐにマグナへと向かったのだが、マグナはこれをゴミでも払うように無造作に、盾で払いかけた。

「〈気弾〉！」

そうはさせるかとばかりに割り込んだのはラピスであった。

自分達に向かってくる兵士達を捌《さば》いている合間に、ロレンが投げつけた死体へ目がけて〈気弾〉の法術を放ったのである。

その衝撃に死体の飛ぶ方向が変わると同時に、〈気弾〉によって撃たれた部分から新たな血飛沫が飛んで、わずかにマグナの視界を遮《さえぎ》った。

そこを好機と見て、切りかかろうとしたロレンは目の前にいきなり現れた槍衾《やりぶすま》に進路を遮られて、マグナへと切りかかることができないままに盛大な舌打ちをする。

「そんなトンデモ能力があったっけな！」

どこからともなく武具の類を取り出してくるマグナの能力。

それがマグナ本人のものなのか、あるいは装備している武具に付与《ふよ》されているものなのかは判断することができなかったのだが、いずれにしても唐突《とうとつ》に出現するそれらは一つ一つがロレンからしてみれば非常に脅威《きょうい》なものだ。

分かっていたところで対処のしようがないその能力によって呼び出された槍を切り払う頃《ころ》には、マグナは視界を遮った死体と血の影響《えいきょう》から逃《のが》れてしまっている。

「手癖《てくせ》の悪い女だ。お前を始末した後でゆっくりと躾《しつけ》てやろうか」

「いや、そいつは止《や》めといた方がいいんじゃねぇかなぁ……」

思わず素で忠告してしまったロレンに、マグナが訝《いぶか》しげな視線を向け、背後からラピスが猛然《もうぜん》と抗議の声を上げた。

「どういうことですかロレンさん！　麗《うるわ》しき相棒の貞操《ていそう》が危機ですよっ！」

「それ、自分で言いやがるか……？」

なんとなく気の抜ける思いを抱《いだ》きながらも大剣を構えたロレンは、改めて剣と盾を構えたマグナへ、ここへ来ることになった目的を遂げるべく声をかける。

「手前ぇに一つ尋《たず》ねたいことがある」

「答える必要を認めんな」

「ユーリ団長と、手前ぇはどういう関係なんだ」

拒絶《きょぜつ》するマグナに構わずに投げかけたロレンの言葉は、マグナの表情にわずかながら驚きの感情を浮《う》き上がらせた。

だがすぐにその表情を消したマグナは、これまでの狙《ねら》うような目つきを変え、ロレンのことを値踏《ねぶ》みするような視線を向けてくる。

「貴様。もしやユーリが擁《よう》していた傭兵団の出か」

「あぁそうだ。そして団長から手前ぇが団を崩壊《ほうかい》させる原因になったと聞かされた。答えろ。手前ぇはユーリ団長のなんなんだ？」

重ねて問いかけたロレンへ、マグナはしばらく思案するような表情を顔に浮かべていたのだが、やがて低く押し殺したような笑い声を漏《も》らしつつ、肩を震《ふる》わせた。

今度はロレンの方が訝しげな視線をマグナへと向ける中、しばらく笑っていたマグナはやがてロレンを睨みつけると、何やら嬉《うれ》しそうな声で言う。

「貴様は散々私の邪魔《じゃま》をしてくれたからな。生かして捕え、何故私の邪魔をしてくれたかを問い質した上でこれまでの礼をしてくれようと思っていたが、聞かなければならないこ

とが一つ増えた」

「こっちの質問にゃ答える気がねぇってか」

「ふん。愉快《ゆかい》な気分にさせてくれた礼だ。一つ試してやろうか」

マグナが構えていた盾が、ロレンの目の前から消える。

本当にいったいどこから出し入れしているのやらと呆れるロレンへ、マグナは手にしていた長剣を両手で構えて言い放つ。

「この一撃を生き延びられたのなら、ユーリの話を聞かせてやろう」

「そいつは大した自信だな」

「意味するところは、その身で確かめるがいい」

以前にロレンはマグナがほとんどリスクなしにその長剣からとんでもない光線を放ったのを見ている。

到底防御《とうていぼうぎょ》できるとは思えないほどのそれを、まさかこの地下という空間で使うつもりなのかとロレンがマグナの頭の出来を疑い始める中、マグナはロレンが危惧《きぐ》したような行為を実行することなく、それでいてロレンですら背筋に冷たいものが走るのを抑《おさ》えきれないほどの速度でロレンの間合いの中へと踏み込んできたのであった。

身軽なロレンとは異なり、マグナは全身を金属の鎧で覆《おお》っている。

それは見た目通りの重量をもってマグナの行動を阻害《そがい》しているはずであったのだが、だというのにマグナの踏み込みはロレンをもってしても一瞬《いっしゅん》、行動を起こすのが遅《おく》れるほどの速度であった。

そしてそれだけの速度で接近されてしまったせいで、ロレンはマグナの次の一撃を見失う。

ロレンの扱う大剣《たいけん》は普通《ふつう》の武器ではない。

元々はラピスの母親である魔王《まおう》が使っていたものだ。

しかし、その刃からとてつもない威力を放つ光線を発するマグナが持つ剣も、普通の武器だとは思えない。

そんな剣の一撃を、自分の身に受ければただでは済まないだろうと肝《きも》を冷やすロレンの脳裏にシェーナの声が響く。

〈お兄さん！　左から来ます！〉

ロレンに認識《にんしき》できない一撃だったとしても、人の能力を遥《はる》かに上回る〈死の王〉たるシェーナならば、マグナの一撃を捕捉《ほそく》するのは不可能ではない。

どこからその一撃が来るのか分からなくとも、左側から攻撃《こうげき》を受けるのであればそちらを防御《ぼうぎょ》していれば何とかなるだろうと考えて、手にした大剣を自分の左へ立てようとしたロレンはその瞬間、首筋に何かが走るのを感じて即座に、大剣を右へと振り抜《ぬ》いた。

それはロレンから言わせれば傭兵の勘《かん》といったものであったのだが、自分が伝えた情報とは真逆の方向へ剣を振ったロレンに、シェーナが驚《おどろ》きの感情を伝える。

しかしその感情は、ロレンが振った大剣の刃にマグナの剣が激突し、甲高《かんだか》い音を立てるのを聞いて、さらに大きなものへと変化した。

〈何故⁉　私の感覚では間違いなく左だったんですよ！〉

シェーナが伝えてきた情報はロレンの左から斬撃が襲い掛かってくるはずであった。

しかし実際は、マグナはロレンの右側からその剣を切りつけていたのである。

その事実に驚くシェーナであったのだが、それと似た感情をマグナはその顔に張りつけつつ、噛み合った刃の向こう側からロレンを睨みつけていた。

「はっ……防いだとはな」

信じられないといった様子のマグナであったが、それはロレンも同じことであった。

もっともロレンは左右のどちらからマグナが切りつけてくるのか、あまりにマグナの素早さに完全に見失っていたわけであり、シェーナのように左から来ると思っていたものが実は逆側から来ていたということについての驚きを感じてはいない。

むしろ、どうして自分は今の一撃を防ぐことができたのか、ということについて感じる不思議さと、防げてしまったということについての驚きが入り混じった、なんとも言えない感情が胸中に渦巻《うずま》いている。

「偶然《ぐうぜん》か、それとも……いずれにしても苛立たしい奴《やつ》だ」

「んなことはどうでもいい。防いだらしゃべるって手前ぇが言ったんだろうが」

刃を押《お》し込まれないように、大剣に力を込めて競《せ》り合いながらロレンがマグナへそう言えば、マグナは苛立たしさを隠《かく》そうともしない顔のまま、やはり刃の向こう側から自分がロレンへ語ってやると約束した情報を口にし出した。

「ユーリと私の関係か。奴は元々、私の部下になるはずだった男だ」

「なんだと？」

「それが色々と面倒があってな。奴は私ではない者を主に頂いて、私の前から姿を消した。私は正統な権利の下、奴に帰参するよう促《うなが》したのだが、奴はそれに従う気配がない」

「団長が手前ぇの部下だと」

マグナの話が本当ならば、ユーリから聞いた話を加味して考えてみると、もしやユーリが頂いたマグナではない主というのは、自分のことなのではないかとロレンは考える。

　そしてもしそれが正しいのであれば、目の前のマグナという男と自分は何らかの関係があると考えざるを得なかった。

「手前ぇ何者なんだ？　団長が本当に手前ぇの部下になるはずだったってんなら、そんじょそこらの馬の骨じゃねぇだろ」

「馬の骨とは不敬にもほどがあるな。世が世ならば、世界の王は私になるはずだったというのに」

「そいつは……誇大妄想《こだいもうそう》にもほどがあるんじゃねぇか？」

　話に注意を向けすぎていたせいか、噛みあった刃はいくらかロレンの側が押されていた。

　そのまま押し切られてしまうのを避けるべく、ロレンは刃が噛みあう角度を変え、マグナからの圧力を受け流しながら、マグナの腹部へ蹴りを放つ。

　いかにロレンの力が並はずれていたとしても、マグナが身に着けている金属鎧の上から蹴ったのでは、大した威力を望むことはできなかったが、それでも衝撃に負けていくらかマグナを後方へと下がらせることには成功し、その隙《すき》にロレンは体勢を立て直しながらマグナから距離《きょり》を取る。

「偽《いつわ》りの主を私へと差し出せば、奴が傭兵稼業《ようへいかぎょう》を続けることくらいは認めてやってもよかったのだがな。奴はそれを拒否《きょひ》した。そして奴は私が目当ての者を見つけ出す前に傭兵団を壊滅《かいめつ》させ、団員を散り散りにさせたというわけだ」

蹴りを喰《く》らっても大したダメージにならなかったのか、マグナは表情を変えることもなく大剣を構えるロレンと対峙すると、消し去ったはずの盾をまた出現させ、剣と盾の両方を構える。

「さて、貴様に聞きたいことは一つだ。ユーリの奴が特に目をかけていた団員を知ってはいないか？　その者の名前や風体《ふうてい》を吐《は》けば、これまでのことはいくらか水に流してやってもいい」

今の話からしてマグナは目当ての人物というものを未《いま》だに判明させていないらしい。

そしてユーリやマグナの話からして、目当ての人物というのがロレンのことであるということは確定したといってよかった。

もちろんロレンには、その人物というのが自分であるとマグナに名乗り出る気はまるでなく、したがってマグナの問いかけに答えるわけにはいかない。

「さてね。団長は団員の誰《だれ》にも等しく目をかけてたからな」

「ならば質問を変えよう。貴様の団で最も若い団員は誰だった？　奴がそいつを連れたとき、そいつはまだ赤子であった。ユーリと私の間にどれほどの時間差が生まれたかは定かではないが、奴の様子からしてその赤子は、相当に若いはずだからな」

ユーリが率いていた傭兵団の中で、最も若かったのはおそらく自分だということをロレンは覚えていた。

もっともこれについては確実にとはいえない。

何せロレンは自分自身が本当は何歳《なんさい》であるのかを知らないのだ。

だが、周囲の雰囲気《ふんいき》や他の団員の風体からしても、おそらく自分が最も若い団員であっただろうと思っている。

「さてね、そいつも分からねぇよ。なんせ傭兵ってのはみんな俺みてぇな悪い人相をしてやがるからな。若いんだか年食ってんだか分かりゃしねぇ」

「素直《すなお》にしゃべる気はないか。まぁいい。捕《つか》まえて少し弄《いじ》ってやれば、その口も軽くなるだろう」

じりっと間合いを詰められて、ロレンは思わず詰められた分の距離を下がる。

元々マグナとは装備品の能力から来るのか、それとも自力から来るのかは不明ながら、明確な戦力差が存在することをロレンは自覚していた。

その上で、先程《さきほど》のような剣技を見せられれば正面からぶつかりあって勝てるような相手ではないということを、これまでの経験などから悟ってしまう。

まして先程の攻撃を防御できたのは、ロレン自身もはっきりと説明のできない勘や何らかの幸運のようなものの結果であり、次に同じ攻撃を繰り出されれば防げる自信はまるでない。

これは何とかして逃《に》げをうつべきかと考えたロレンの耳に、何故か焦ったようなノエルの声が聞こえてきた。

「マグナ様！　周囲を！」

何事かと思ったのはロレンだけではなく、マグナも同じであった。

だからこそ二人とも、油断なく身構えたまま視線だけを周囲へと走らせたのであるが、そこにあった光景を見て二人は全く逆の感情を抱くことになる。

「ロレンさん！　こちらは大体片付きはじめましたよ！」

ぐっとガッツポーズを見せてラピスがそんなことを言う向こう側では、グーラが地下墓地への入り口へ、自分達《たち》が倒《たお》したらしい兵士達の体をぎっしりと積み上げているところだったのだ。

いつまでも入り口が自由なままであれば、ラピス達は本当に城に詰《つ》めている兵士全てを相手にしなければならないところであった。

だからこそ兵士の流入を止める必要があり、そこでラピスとグーラが取った手段というのが生きていようが死んでいようがお構いなしに、倒した兵士達の体でもって入り口を封《ふう》鎖《さ》してしまうという方法だったのである。

どうやってそんなことができたのか、ロレンには想像もつかなかったのだが、ぎっしりと入り口に詰め込まれ、ぴくりともしていない兵士達が造り上げた肉の壁は、突破《とっぱ》するのは非常に困難に見えた。

「こちらは大方片付いた！　しかし……そちらの二人は本当に魔術師《まじゅつし》と神官なのか？」

スタームの訝しげな視線を無理やり無視して、ラピスはロレンへと駆《か》け寄り、グーラはまだ残っているダークエルフ達を視線で威嚇《いかく》する。

「あとは王様とマグナさんの身柄《みがら》を確保できれば、こっちの勝ちですよ」

「全く。駒《こま》が弱くては手間ばかりかけさせられる」

ロレンの傍《かたわ》らまで来て身構えたラピスと、グーラに威嚇されて手を出せずにいるダークエルフ達を眺《なが》めながら、マグナは呆《あき》れ返った声を上げて肩《かた》を竦《すく》める。

申し訳なさそうな顔をするノエルの方を、マグナは長剣でロレンの動きを牽制《けんせい》しながら向く。

「ダークエルフ共を下がらせ、アレを起こせ。もう王城にも王にも用はない」

「マグナ様⁉」

「いくら兵共を差し向けても意味がないだろう。アレで潰《つぶ》すしかあるまい」

言い切ったマグナへ、少しばかり迷うような視線を向けていたノエルだったのだが、マグナが意見を変えないのを見て取るとその場に跪《ひざまず》き、マグナへ一礼してからその姿が掻《か》き消えた。

そういえば、グーラ達邪神《たちじゃしん》は空間を渡《わた》ることができる能力を持っており、同じ存在になったノエルにも同じことができて不思議ではないのだなと思うロレンは、次の瞬間に王城全体を揺《ゆ》るがすような震動《しんどう》に、思わずよろけてしまう。

「なんだ!?」

震動は止まることがなかった。

むしろ止まるどころか時間が経過していくにつれて段々と激しくなっていく。

「天井《てんじょう》が崩《くず》れる！」

「王よ！　こちらへ！」

慌《あわ》てる騎士達の中でスタームが立ち尽《つ》くす王へ叫《さけ》んだのだが、その声が聞こえていないかのように立ち尽くしていた王の周囲に崩れた天井から石材が降り注ぎ始める。

腕で頭を守りながら、なんとか王の近くへと進もうとするスタームだったのだが、足元の揺れが激しすぎて思うように前へと進むことができない。

「ロレンさん！　これはちょっと不味《まず》いような」

「マグナ！　手前ぇも生き埋《いう》めになりてぇのか！」

崩れる天井はロレン達の周囲にも降り注ぎ始めていた。

傍らのラピスを抱き寄せて、大剣の腹で頭を守りながら叫ぶロレンへ、マグナは落ちてくる石材など目に入っていないような様子でにやりと笑う。

「仮に生き埋めになるとしても、それはお前達だけだ」

「またその鎧の効果か何かか⁉　汚ねぇぞ！」

「なんとでも言え。正統な者が自分の所有物を使って何が悪い」

答えたマグナの肩を、大人の頭ほどもある石が直撃《ちょくげき》した。

しかし、石と金属とが当たるような音がすることもなく、石は鎧の表面に弾《はじ》かれてそのまま床《ゆか》の上へと転がる。

あれならば、降りしきる石の雨の中を何も起きていないかの如《ごと》く歩くこともできるのだろうと改めて魔術が付与されている装備の理不尽《りふじん》さに歯噛みするロレンの周囲で、震動はさらに激しいものへと変わり、頭上を仰《あお》げば震動に耐《た》えきれなくなった天井が大きく裂《さ》けて落ちてくるのが見えたのであった。

第七章　上昇から撤退する

「いったい何だってんだ⁉」

頭上にかざした大剣の腹に、大小を問わずに石の破片《はへん》が激突《げきとつ》している。

周囲の揺れが収まらない中で、ダークエルフ達が次々に崩れた天井へ飛び上がり、逃げていく様子が見え、降り注ぐ石をものともしないマグナが最後に、詰み上がっていく瓦礫《がれき》の上を悠々《ゆうゆう》と歩いていく。

震動と降り注ぐ石の中ではそれを追いかけることもできずに、ロレンはその背中へ叫ぶ。

「おい！　あの王様はどうするつもりだ⁉」

「用済みなものに興味はない。どうせお前達はここで死ぬ」

どこからそんな自信が湧《わ》いてくるのやらと思うロレンはスタームが上げた悲痛な声に思わず視線をそちらへと向ける。

そこには、頭上からの石に打ちのめされ血だらけになった王の頭上から一際《ひときわ》大きな石が落ちてきかけているという光景があった。

なんとか助けようと手を伸《の》ばしたスタームだったのだが、それに反応を見せない王はそのまま巨大《きよだい》な石の塊《かたまり》に押し潰され、周囲に赤い飛沫《しぶき》を飛ばす。

あれでは生きていないだろうなと考えるロレンのすぐ近くで、抱き寄せられて大剣の陰《かげ》に匿《かくま》われていたラピスがそのままの体勢で自分の足下《あしもと》へと視線を向けてぽつりと呟《つぶや》いた。

「ロレンさん、下から何か来ます」

「何か⁉　何かって……」

「それは分からないですよ。預言者じゃありませんし、私」

当たり前でしょうと言わんばかりのラピスを抱きかかえて、ロレンはマグナ達がこの場から立ち去って行った天井の穴から外へ出られないものか考える。

だがエルフほどの身軽さもなければマグナのように何らかの魔術道具によって守られているわけでもない身では、激しく揺れる瓦礫の上を伝って天井にいくつか口を開いている穴まで行ける気は全くしない。

「グーラ！　何とかならないか！」

「うち一人ならどうとでもなるんやけどなぁ。それより下から来る奴、なんやかなりヤバい気配がするんやけど」

邪神《じやしん》からヤバいと評されるような何かと鉢合《はちあ》わせになるのは避けたいとロレンは思うの

だが、逃げ出そうにも逃げ場がない。

本来の出入り口はラピスとグーラが兵士達の体で塞《ふさ》いでしまっており、さらに降り注いだ瓦礫のせいでその辺りは酷《ひど》い有様になってしまっていて、到底《とうてい》そこを通って外へ出られるとは思えなかった。

「下から来る何かが城を完全に崩してくれるのを期待するしかないですね。大丈夫《だいじょうぶ》ですロレンさん、城の下敷《したじ》きになっても死なないようにがんばりますから」

「せやな。結界張って守ればどうにかなるやろ」

〈お兄さん、私もいますから心配無用ですよ。城が丸ごと瓦礫になってもちゃんと外に出られるようにしますから〉

魔族《まぞく》に邪神、死の王からそのように言われればただの人の身でしかないロレンとしてはそれに任せて何とかなるのを祈《いの》るしかないなとしか思えない。

ついでにスターム達についても何とかしてくれとロレンが頼《たの》むと、ラピスとグーラは少しばかり面倒だというような雰囲気を漂《ただよ》わせはしたのだが、見捨てるのも気分が悪いと思ったのか二人揃《そろ》って頷《うなず》きを返す。

「みなさん、圧死したくないならこちらへ！　守りの結界を張ります！」

「それでなんとかなるのか⁉」

目の前で王が死んだという光景に、しばらく呆然《ぼうぜん》としていたスタームだったのだが、周囲の状況《じょうきょう》からしていつまでも呆《ほう》けてはいられないと考えたのか、ラピスの声に配下の騎士《きし》達《たち》を引きつれてロレン達の所まで駆け寄ってくる。

それを見てからグーラがゆっくりと何かの呪文《じゅもん》を唱え始め、周囲に淡《あわ》く輝《かがや》く力場が出現するのを見て、騎士達から感嘆《かんたん》の声が上がった。

「なんとかなることを祈ってください。この状況で絶対大丈夫だなんて保証、できるわけないんですから」

「なんとしてもこの場を生き残り、あの男に報《むく》いを受けさせねば」

歯噛《はが》みするスタームの姿を、それどころじゃないだろうと思いながら見ていたロレンはいつの間にか頭上から降っていた石が落ちて来なくなっていることに気が付いた。

周囲を揺らす震動はいまだに続いており、頭上から様々なものが落ちてきているのは変わらないのだが、グーラが作った力場に弾かれて、ロレン達には当たらなくなっていたのである。

これならばなんとかなるのではないか、と淡い期待を抱いたロレンは次の瞬間に足下から突《つ》き上げてきた激しい衝撃にその体勢を崩してしまう。

それは騎士達やグーラも同じで、これまでの比ではなく立っていられないほどの震動に、掴《つか》まるところもなく転びかけたロレンの耳にグーラの小さな呟きが聞こえた。

「あ、これアカンわ」

駄目《だめ》なのかよと思ったときには足下から一際強い突き上げがあり、床も壁も天井もバラバラになって吹《ふ》き飛ばされる光景をロレンは見ることになる。

まるで城が土台から爆発《ばくはつ》したのではないかと思うような光景に、さすがにロレンもここまでかと観念しかけたのだが、体を床に押し付けられるような圧力を感じた瞬間に頭上をふり仰げば、飛んでいく無数の瓦礫の隙間《すきま》から真っ黒な夜空が見えた。

周囲を見回してもただ黒い夜空だけが見えており、耳に聞こえるのは風を切る音ばかり。

何が起きたのかをロレンが理解するより先に足下の床が砕《くだ》け、その割れ目から見えた景色にロレンは総毛立つのを感じていた。

「吹き飛ばされたのか！」

シェーナの力をわずかばかりに有しているロレンの目は、夜の闇《やみ》の向こう側に遠く地面があるのを見て取っていた。

どのくらいの高さまで吹き飛ばされたのかは分からなくとも、上昇し続けていることが分かる感覚に、とんでもない勢いで打ち上げられたのだということだけは分かる。

本来ならばそんな勢いで打ち上げられるほどの衝撃を受けていたのならば、いかにロレンの体が頑丈《がんじょう》だったといっても無事では済まないはずであった。

おそらく自分がその衝撃で死んだりしていないのは、吹き飛ばされる直前にグーラが張り巡《めぐ》らせていた守りの結界のおかげなのだろうが、その結界も吹き飛ばされたときに消滅《しょうめつ》してしまったようで、あの淡い輝きはどこにも見えなくなっている。

慌てて手にしていた大剣を布で包み、背中へと戻《もど》しながらこの分では、上昇が終わり下降に移った後で地面に叩《たた》き付けられたときに、命を繋《つな》いでおくのは難しいのではないかと思うロレンは、夜の闇の中にたたずむ巨大な影を目にして目を凝《こ》らす。

「なんだありゃ……」

それは城のようにも、何か巨大な船のようにも見えた。

先程まで自分達がいた王城なのだろうかとも考えたロレンであるが、それにしてはその姿の中に破壊《はかい》されたような跡《あと》がない。

少しの間考えたロレンはなんとなく、自分達の足下からその巨大な建造物が出てきたことで、上にいた自分達が吹き飛ばされることになったのではないか、という考えに思い当たる。

推測するに王城の地下にあったそれが地上へと出るときに、頭上にあった地面を何らかの方法で吹き飛ばし、結果として王城全体が吹き飛んだのではないかと考えたのだ。

もっともそんな考えに思い当たったからといって、現状に何か変化が現れるわけではない。

何かしらの手を打たなければ、このまま落下に移って地面に激突し、死ぬ以外の結末がない状態で必死に頭を働かせたロレンは何もしていないというのに自分の体が引っ張られるのを感じた。

何事かとそちらを見れば、そこには風にたなびく無数の糸があり、その糸を吐き出したらしいニグが自分の肩をがっちりと掴んでいるのが見える。

何をする気かと思うロレンが見守る中、ニグが吐き出した無数の糸は風を受けてロレンの体を引っ張り続け、降り注ぐ瓦礫の外へとロレンの体を移動させたのだった。

「すまねぇニグ！　けどな！　ここから無事に着陸する方法がねぇんだ！」

落ちてくる瓦礫に潰《つぶ》されることがなくなったとしても、打ち上げられた高さはそのままである。

ニグの糸は横方向へロレンの体を引くことはできたとしても、落下速度を緩《ゆる》めてくれるようには思えず、なんとかならないかと考えたロレンへラピスの声が聞こえた。

「いえいえ、御手柄《おてがら》ですよニグさん。ちょっと私でもロレンさんの体を引っ張り出すのは骨が折れますし」

言葉と同時に自分の体に細い腕《うで》が回され、ロレンはラピスが自分の体を抱きかかえたのを感じ、覗《のぞ》き込むようにしているその顔に視線を合わせる。

上昇が終わり、落下に移り始める中で激しい風に衣服や髪《かみ》をなびかせつつ、ラピスはロレンが自分の方を見たのを見てにっこりと笑いかけた。

「ご無事でなによりですロレンさん。大したお怪我《けが》もないようですし」

「この状況を無事って言いやがるか⁉」

「比較的《ひかくてき》無事かと。スタームさん達なんて打ち上げられた後で瓦礫に激突してぺっちゃんこですよ。きれいに全滅《ぜんめつ》してしまいました」

「グーラは⁉」

「えーっと……」

ロレンを抱きかかえたまま視線を宙に彷徨《さまよ》わせたラピスは、とある一点をその視線で捉《とら》えるとロレンへ告げる。

「私達よりちょっと上空にいますね」

「助かるのか⁉」

「邪神が墜落死《ついらくし》するとは思いたくないですね」

どこかはぐらかすような答えを返してきたラピスに、さらに言い募《つの》ろうとしたロレンは口を開くよりさきに下から照らし出すような光が生じたのを知ってそちらへ顔を向ける。

見れば遠く足下に見える巨大な建造物のあちこちが光を灯《とも》し始め、なにやらそのあちこちが動き出し始める様子が見えた。

「ありゃなんだってんだ⁉」

「城と言いますか……要塞《ようさい》のようにも見えますが、結構大きめの魔力《まりよく》が感じられますね」

「あんなもんが埋まってたのか」

「それを掘《ほ》り出すのがマグナさん達の今回の目的だったというわけですか。まぁ掘り出したら王城が吹き飛ぶような代物《しろもの》では、穏便《おんびん》に掘らせてくださいとお願いしに行くわけにもいかなかったんでしょうねぇ」

今回の一連のマグナの行動に理解を示すようなラピスの言葉に、抗議《こうぎ》の声を上げようとしたロレンは、直後に何かの爆発音《ばくはつおん》が聞こえ、自分達の近くを何か大きな物が通り過ぎ、それが巻き起こした衝撃《しょうげき》でラピス諸共《もろとも》空中をくるくると回る羽目になり、舌を噛《か》まないようにと言いかけていた言葉を呑《の》み込んでしまう。

「何が飛んできた⁉」

「実弾《じつだん》だと思いますが……撃《う》って来ましたね。どのくらい土の中に埋まっていたのか分かりませんがちゃんと動くんですね、あれ」

「何を⁉　つうか感心してる場合か⁉」

「そう言われましても、現状回避《かいひ》もままならないわけですし」

困ったようにラピスが答える間もロレン達の体は落ち続けている。

こんな速度で地面へ落ちて、果たして助かるのだろうかと危惧し始めるロレンへ、ラピスはそっと囁《ささや》いた。

「とりあえず、ぎゅっとしがみついてくださいね。間違《まちが》って落としてしまったら、いかにロレンさんでも助からないと思いますし、あといくらもしないで地面でしょうし」

「ラピスは大丈夫なのか？」

「生身の足だとちょっと折れたりしそうですが、今は義足ですから壊《こわ》れても大した問題じゃないですからね」

「それは大丈夫って言わねぇんじゃ……」

「口を噤《つぐ》んでください。舌を噛みますよ」

ラピスの警告にロレンは仕方なく口を噤むとやや情けないなと思いながらもラピスの体にしがみつく。

何やら気の抜けるような声が、風を切る音の隙間から聞こえたと思った途端《とたん》にどうやらラピスの足が地面へ着地したらしく、激しく揺さぶられながらもロレンはラピスの体に回した腕に力を込めて、振《ふ》り落とされないように必死に耐えるのであった。


着地の震動はロレンにとっては相当長いものに感じられた。

実際どれほどの時間揺れていたのかはロレンには分からなかったのだが、しばらく耐えているとやがて揺れは治まり、ラピスの手が自分の体を軽く叩いたのを感じ取る。

「もう大丈夫ですよロレンさん。着地できましたから」

そう言いながらロレンの体を地面へと下ろすラピスに、その体に回していた腕を解《ほど》きながらロレンは、相当な衝撃を受けたであろうラピスの足へと目をやり、その惨状《さんじょう》に眼を見張る。

作り物であるラピスの足からは、血のようなものが流れ出したり、折れた骨が飛び出したりするような状態にはなっていない。

しかしながら、それまでは生身の足となんら変わりのないものだったそれが、あちこちが裂けたり砕けたりし、中から用途《ようと》の分からない糸や筒《つつ》のようなものが飛び出してしまっていたのだ。

「やっぱりちょっと二人分を受け止めるのは無理が大きかったみたいですね」

足の裂《さ》け目《め》から透明《とうめい》だったり真っ黒だったりする液体が流れ落ちるのを見ながら、ラピスが苦笑いしつつそんなことを言った。

機能を失ってしまった足では立っていることもできないのか、膝立《ひざだ》ちの姿勢になっているラピスは自力でその場から移動できるようには見えない。

「それじゃ歩けねぇだろ……」

「ええまぁ。でも二人とも生きて着地できたのですから必要な犠牲《ぎせい》だったかなと」

笑いながらそんなことを言うラピスのさらに向こう側に、大きな音を立ててグーラが着地する。

地響《じひび》きと土埃《つちぼこり》を上げて着地したグーラは、ラピスとは違《ちが》い体のどこにも着地したときのダメージがないかのように軽い足取りでロレン達のところまで歩み寄り、まともに立つことも歩くこともできなくなっているラピスの状態を見てぎょっとした顔になった。

「ラピスちゃん⁉　なんぞちっと見ぃひん間にえらいことに！」

「生身だったら治せたんですが……ちょっとこれ修理するのは無理っぽいですね」

「俺《おれ》が運ぶ。さっさとここから逃げ出そう」

「逃がしてくれるといいんですが」

そう言いながらラピスが視線を向けた方向へ、ロレンは体ごと向き直る。

そこには王城を吹き飛ばして姿を現した建造物の姿があり、あろうことかその建造物は少しばかり地面から浮《う》いた状態でゆっくりと、おそらくは正面になるのであろう場所をロレン達の方へと向けようとしている最中だったのだ。

王城の周囲には城下町があったのだが飛び散った王城の破片と、要塞のように見えるそれが王城の下から姿を現したときの震動で、砕けたり崩れたりしてしまっている。

それだけの惨状を晒《さら》しているというのに、住民の姿がまるで見えないことに背筋に冷たいものが走るのを感じるロレンへ、グーラが浮遊《ふゆう》する要塞を指さしつつ叫んだ。

「ヤバいであれ！　撃ってくる気や！」

「撃つって何を……」

要塞と船を合体させたような形のそれには、いくつもの筒状《つつじょう》の何かが取り付けられており、そのうちのいくつかが自分達の方を向いて動き出しているのを見て、ロレンは何かしら嫌《いや》な予感と共に動けずにいるラピスの体を抱《だ》きかかえて大きく飛び退《の》く。

同時に轟音《ごうおん》と煙《けむり》が要塞の筒の先から発生したかと思うと、それまでロレン達がいた地面が大音響《だいおんきょう》と共に爆《は》ぜた。

襲《おそ》いかかる土砂《どしゃ》と衝撃に地面の上を転がされながらもラピスの頭を抱《かか》え込み、視線を要塞の方へとむけ続けるロレンは、立つ暇《ひま》すらなく続けざまに弾けた土砂に、右へ左へと荒《あら》波《なみ》にもまれる船のごとく翻弄《ほんろう》され続ける。

巻き上がった土砂の勢いは激しく、それらが全身を叩く痛みに耐えながらロレンは何とか飛んでくる何かの正体と、その攻撃範囲《こうげきはんい》から逃《のが》れる術《すべ》を考えるのだが、思い当たるものは何一つなかった。

「グーラ！　生きてやがるか!?」

「まぁこの程度では死なんわなぁ」

「ここから逃げ出す算段はねぇか!?」

問いかけたロレンに対し、グーラはちらりと要塞の方を見て、筒の中の何本かが轟音と煙を吐き出すのを見てから、意識を集中させるかのようにわずかに目を細めた。

だが、次の瞬間《しゅんかん》にグーラはその唇《くちびる》の端《はし》からわずかばかりに血を滴《したた》らせ、直撃こそしなかったものの何かが地面に当たった衝撃で再びロレン達は地面を転がる羽目になる。

「あかん、なんや小細工されとる。うちの権能突き破《やぶ》ってきおった」

「攻撃されてんのかこれ!?　何が起きてやがんだ！」

〈お兄さんの上半身くらいの大きさの金属塊《きんぞくかい》が飛んできてます〉

グーラが答えるより先に、答えたシェーナの思念にロレンは信じられないといった顔でかなり離《はな》れた場所に浮いている要塞を見る。

シェーナの説明が正しいのであれば、自分達を攻撃しているのは投石器のようなものなのではないか、というのがロレンの考えであった。

投石器ならば城攻《しろぜ》めのときなどに何度か見たことがあるロレンなのだが、それに類するようなものは少なくともロレン達の位置からでは要塞のどこにも見て取ることができない。

「全然飛んでくるものが見えねぇぞ」

〈速すぎてお兄さんの目では捉えきれないんです〉

「また面倒《めんどう》なものを……とにかく逃げろ！　相手なんかできるわけがねぇ！」

自力では歩くことができないラピスを抱えたまま、大剣《たいけん》や魔術くらいしか攻撃手段のないロレン達では、遥《はる》か遠くから一方的に攻撃してくる要塞相手に、効果的な反撃《はんげき》ができないことは明白であった。

ただ立っていればひたすら弄《もてあそ》ばられるだけだと分かっているからこそ、すぐにロレンはグーラに声をかけ、その場から逃げ出そうとラピスを抱きかかえたまま走り出したのだが、それを見越《みこ》していたかのように要塞からは山なりに赤く光る球がいくつも吐き出され、ロレン達の頭上を越えて飛んでいく。

「こりゃ……」

「たまげたなぁ。あれ、全部〈火炎球《ファイアーボール》〉やで」

仮に魔術師が放っているのであれば、いったいどれだけの人数の魔術師を動員しているのかと思わせるほどに膨大《ぼうだい》な数の炎《ほのお》の球が、山なりにロレン達を追い越して着弾《ちゃくだん》。真っ赤な炎を噴《ふ》き上げながら爆発し、住民達の住居や店舗《てんぽ》の残骸《ざんがい》が燃え上がり、逃げ出そうとしていたロレン達の行く手を遮《さえぎ》る。

叩き付けるような衝撃と熱気から腕の中のラピスを守るべく、爆発に背を向けたロレンはうなじの辺りにちりちりとした熱気を感じて歯噛みした。

だが、足を止めてしまったロレン達を要塞にいるであろうマグナが見逃《みのが》すわけもなかった。

再び近くに撃ち込まれたらしい金属塊が起こした衝撃が、耐え忍《しの》ぶロレンの体を燃え上がる炎の中へと弾《はじ》き飛ばし、周囲を炎に囲まれたロレンは胸を焼きかねない熱気を帯びた大気に、呼吸すらままならないままに炎の囲いを強引《ごういん》に突破し、地面を転がる。

「あかんでこれ!　ぼっこぼこや!」

ロレンより頑丈な分、ロレンと同じ目に遭《あ》わされてもなんとかなっているグーラが手の打ちようがない現状に喚《わめ》きだすが、それに応じる余裕《よゆう》もなくロレンは転がった体勢から地面を這《は》うようにして要塞から距離を取ろうと移動し始める。

魔術により燃え上がった炎と、土煙《つちけむり》とが自分の姿を隠《かく》してくれないものかと思いながらの行動であったのだが、そんなロレンの考えを嘲笑《あざわら》うかのように、要塞からマグナの声が周囲へと響《ひび》き渡った。

「虫けらのようだな。貴様には似合いの姿勢だ」

「手前ぇの力じゃなくてその訳の分からねぇデカブツの力じゃねぇか」

こちら側からの答えはマグナへは届いていないのだろうとは思いながらも、そう毒づいてしまったロレンは、そんなロレンを黙《だま》らせるかのように近くに撃ち込まれた攻撃《こうげき》が起こす衝撃に、再びラピスを抱えたまま地面を転がされる。

「思い出した！　ありゃ機動要塞やないか！　古代王国の征服《せいふく》兵器！　こないなとこに埋められとったんか！」

ロレンよりも体重が軽いせいなのか、衝撃が来るたびに派手に吹き飛ばされるグーラが、半分埋まってしまっていた土砂の中から体を引っこ抜《ぬ》きつつ、マグナが掘り当てた代物の正体について叫ぶ。

「ありゃうちらも煮《に》え湯《ゆ》を飲まされた代物や！　今の装備じゃ勝ち目なんてあらへんわ！」

「逃げてぇのは山々なんだがよ……」

要塞の持つ攻撃範囲《はんい》は広すぎて、徒歩であるロレン達がその範囲から逃げ出すのは非常に難しいのではないか、と考えられた。

それでも逃げ出さなければ一方的に攻撃を続けられ、いずれ力尽《ちからつ》きてしまう結末しか待っていないだろうと、ラピスを抱えて立ち上がるロレンの脳裏《のうり》にシェーナの警告が響く。

〈お兄さん！　直撃が来ます！〉

死の王であるシェーナの感覚が捉えた要塞の攻撃とその結果。

視認《しにん》することができない速度の攻撃を回避するのは到底無理だと判断したロレンは、瞬《しゅん》時《じ》に背中の大剣の柄《つか》に手をかけて抜き放つと、先端《せんたん》を浅く地面へと突き刺《さ》し、剣の腹が盾《たて》となるように立ててその陰へと体をかがめる。

それとほぼ同時にロレンの全身を、粉々にされたのではないかと危惧《きぐ》してしまうほどの衝撃が貫《つらぬ》く。

ロレンが認識《にんしき》できたのは衝撃と、おそらく吹き飛ばされたのだろうと思われる浮遊感の二つだけであった。

どれだけ飛ばされたのかと不思議に思うほど長い浮遊感の後、地面へ激突したロレンは受け身をとることすらできないままに手足をでたらめな方向に投げ出しながら、長い距離を転がり、やっとその勢いが止まったときには腕の中にいたラピスも、手に握《にぎ》っていた大剣も投げ出して、地面の上に大の字になってしまう。

生きている、ということは意識があることで分かっていたロレンなのだが、全身の感覚が失われてしまっていた。

これまでの人生で感じたことのないような状態に、致命傷《ちめいしょう》を受けたのではないかと思ったロレンは喉《のど》からこみあげてきた熱い塊を、口から力なく吐《は》き出してしまう。

〈お兄さん⁉　しっかりしてください！　傷は……〉

シェーナの悲鳴が途中《とちゅう》で切れたのを感じて、どうやら本当に危険な状態になっているらしいことを悟《さと》ったロレンは、なんとか動く首と目だけで、できるだけ周囲の状況を探《さぐ》ってみる。

グーラの姿は見えなくなっていた。

立ち上がる土煙の中で、途中で離してしまったラピスが腕の力だけで自分の方へとにじり寄ってくる姿が見える。

その近くには、ロレンが即死《そくし》することをなんとか防いだらしい大剣が折れ曲がり、あちこちを砕かれた状態で転がっているのが見えた。

魔王《まおう》の武器がそんな状態になるほどの攻撃を受けて、よく生きていたものだと思わず感心するロレンの体に縋《すが》り付くようにして抱きついたラピスが胸の上に手を当てて小さく揺すり出す。

「生きてますか⁉　生きてますか、ロレンさん⁉」

答えようとしたロレンだったが、喉に何か詰まっているのか声が出ない。

ただごぼごぼという音と口《くち》の端《はし》から、おそらくは血なのだろうと思われる液体が零《こぼ》れ落ちるのを感じただけであった。

それを見たラピスは躊躇《ためら》うことなくロレンの頭を抱えると、自分の唇をロレンのそれに押《お》し当てて、喉に詰まっているものを吸い上げ、吐き捨てる。

「ロレンさん⁉」

「追撃《ついげき》が……来ねぇな。止《と》めを前にして舌なめずりってとこか……」

正確に自分に当ててくるような攻撃手段があるのならば、足が止まった上に二人一緒《いっしょ》にいる今の状況は、絶好の機会であるはずだった。

だというのに要塞は、ロレン達を見守るようにして攻撃をしかけてこない。

あと一撃《いちげき》で自分達を始末してしまえるという状況に、マグナがほくそ笑《え》んででもいるのだろうかと考えたロレンだったのだが、ラピスは要塞の方をちらりと見ると小さく首を傾《かし》げた。

「いえ、そうではないみたいですよ？」

マグナと自分達《たち》のこれまでの関係からして、マグナが自分達に慈悲《じひ》をかけるとは考えにくい。

攻撃を控《ひか》える理由などないだろうとロレンが必死の思いで要塞の方へと目をやると、宙に浮いている要塞がぐらりとその巨体《きょたい》を傾《かたむ》かせた。

いったい何がと思っている間に、要塞のあちこちから煙が立ち上り始め、理由や原因は分からないまでも要塞全体が何らかのトラブルに見舞《みま》われているらしいことが見て取れる。

「今のうちに逃げなくては！」

「逃《に》げる……ったってなぁ……」

ラピスの足は歩けるような状態ではない。

グーラはどこへ行ったか分からず、ロレンは今しがた歩くことすらできないような状態にされてしまっていた。

「きちんと準備していれば〈帰還《リコール》〉が使えたんですが……その他の魔術では距離《きょり》を稼《かせ》げそうにないですし」

こんなことになるのであればもっと準備を多くしておくべきだったとラピスは唇を噛む。

それでも何もしないよりは生き残る可能性が高くなるだろうかと、いくつかの魔術を準備しようとし始めたラピスは、抱きかかえているロレンのジャケットの胸元《むなもと》からニグが顔を出しているのに気がついた。

いつのまにやらジャケットの内側に潜《もぐ》り込んでいたらしいニグはロレンが受けた攻撃の

余波を受けてなのか、動きが少しばかり緩慢《かんまん》なものになっていたのだが、それでも前脚《まえあし》を使って器用にラピスに差し出したのは一枚の硬貨《こうか》である。

「これは……えっと確か、大魔王陛下からロレンさんがもらった……」

その出所を思い出したラピスは、ニグからそれを受け取るとしげしげと眺《なが》め、しばらくしてはっとした顔になった。

「大魔王陛下の持ち物だとすると……居城の座標設定が」

硬貨を握りしめたラピスは要塞の方へ一瞬《いっしゅん》視線を走らせる。

何らかの理由で飛行が不安定になり、しかも攻撃が止《や》んでしまった要塞はそれでもロレン達を攻撃しようとしているのか、あちこちにある筒がロレン達の方をゆっくりとだが向き始めており、攻撃が再開するまでそれほど時間が残されているようには見えない。

「予想が正しいことを祈りましょう。高きにある扉《とびら》を通り我らを、この品に記憶《きおく》されし彼《か》の地《ち》へと飛ばせ！」

呪文を唱え、手の中にある硬貨をさらに力強く握りしめたラピスは、ロレンを抱きかかえている腕に力を込めて行使する魔術を叫ぶ。

「〈帰還《リコール》〉！」

うっすらと開いているロレンの視界を眩《まばゆ》い光が埋め尽《つ》くす。

それが何の魔術であるのか分からないままに、背中に感じていた地面の感触《かんしょく》が消え去ったのを感じたロレンは自分を抱きしめているラピスの腕の感触だけを覚えたまま、意識を手放したのであった。

エピローグ　状況と褒美をもらう

「気分はどうだ？　悪くはあるまい？　喜べよロレン。世界広しといえども俺の城のベッドに横になり、俺の見舞いを受ける人族など、まずいないからな！」

そんなことを言われてもロレンはどう答えたらいいか分からないままに、唯一《ゆいいつ》自由になる首と目を総動員して声の主の方を見る。

豪奢《ごうしゃ》、と形容して差し支《つか》えない衣服に身を包み、にやにやとした笑いを顔に浮かべている若い男の姿に、無理にでも体を起こした方がいいのだろうかと考え、それを試みようと体を動かし始めると、無理をするなとばかりに男はロレンに掌《てのひら》を向けた。

「傷に障《さわ》る。そのままでいい」

実際に体を起こすのは無理だったろうなとロレンは動かしかけていた体から力を抜きながらベッドに横たわる。

不思議なほど体に痛みはなかったのだが、その代わりのように全身に巻かれている包帯がロレンの動きを制限していたのだ。

この包帯はかなり頻繁《ひんぱん》に交換《こうかん》されており、今もエプロンドレス姿の少女が二人がかりで交換したばかりの包帯の山をまとめて、どこかへ持って行こうとしている。

場所は、どこかの建物の一室であり、窓から日の光が差しこんでいた。

「さて、何から話そうか。まずはよく生きて戻ったなと褒《ほ》めてやるか。俺の渡《わた》した物が正しく使われたようで何よりだ」

そう語ったのは、以前一度だけ顔を合わせたことがある魔族の最高権力者である大魔王その人である。

ならば場所はおそらく大魔王城の一室のはずで、ちらりと視線を大魔王の背後へと向ければ、そこには痛々しく両脚《りようあし》に包帯を巻きつけてはいるものの、それ以外には目立った怪我もないいらしいラピスが大人しく立っていた。

「もう少し早く飛べば傷も浅くて済んだだろうにな。そこは叱《しか》っておくべきか？」

「陛下があれの正体を教えてくださっていれば、と考えます」

そっと目を伏《ふ》せて、しかし口調にはたっぷりと不満げな感情を滲《にじ》ませたラピスに、大魔王は何が楽しいのかにやにやとした笑いを崩《くず》さない。

そんな大魔王の顔がラピスの神経を逆撫《さかな》でするのか、小さく握《にぎ》り拳《こぶし》を震《ふる》わせるラピスから視線を外すと、大魔王はベッドの上で動けなくなっているロレンを見た。

「状況が知りたいだろうな。まず、人族領域の北方地域の一部を魔王の名で封鎖《ふうさ》した。期限は未定だが、お前達が遭遇《そうぐう》した機動要塞をなんとかできるまでだ」

さらりと大魔王が告げた情報は、ロレンにとっては目を見張るものであった。

あろうことか魔族を隔離《かくり》している岩山地帯を越えて、魔王が人族の領域へ干渉《かんしょう》したというのだから驚《おどろ》かない方がどうかしている。

しかし、驚くことはそれだけでは済まなかった。

「俺が出ていくわけにもいかないが、魔王一人では心許《こころもと》ない。それ故《ゆえ》に当該《とうがい》地域に進攻《しんこう》する魔王は三人だ」

大魔王の存在は人族においては知られていないといっていい。

だからこその魔王の派遣《はけん》ということなのだろうが、一人出てきただけでも大騒《おおさわ》ぎになることが間違いない魔王が三人も出て行っているというのは、これまでの歴史上、あったことなのだろうかと思ってしまう。

さらに驚くべきことは、一人出てきただけでも大騒ぎになる魔王が、マグナが掘り当てた機動要塞に対抗《たいこう》するために三人も必要であると大魔王が判断したことであった。

それはつまり、あの機動要塞が少なくとも魔王三人分に匹敵《ひってき》する脅威《きょうい》であるということを示している。

「これでなんとか、アレに対抗できるとは思うが……必要なら追加でもう三人派遣するつもりでいる」

大魔王の追加の一言に、ロレンはさらに驚かされる。

魔王三人の派遣というだけでも過剰《かじょう》戦力ではないのかとロレンは思っていたのだが、大魔王の考えではそれでも足りずに合計六人もの魔王を派遣する用意があるというのだ。

「あの要塞。そんなにやばいのか」

一人出てきただけでも大陸中が大騒ぎになるような存在が魔王というものである。

それが六人も出ていかなければならないような存在というものがどんなものであるのかは、なんとなくロレンにも想像はできるのだが実感が湧《わ》いてこない。

「やばいぞ。現状の人族やエルフ族、ドワーフ族などの主要種族が束になってかかっても、あれ一隻《せき》に勝てないんじゃないかってくらいにやばい」

そんなものを相手に、魔王の武器を駄目にしたとはいえよく生き残れたものだと思うロレンは、疑問に思ったことを尋《たず》ねる。

「なんで大魔王陛下がそんなやばいもんの相手を？」

「フォラス、と呼ぶように言ったはずだが？」

軽く胸を反らし、どこか面白《おもしろ》がるような表情でそう返してきた大魔王へ、ロレンは以前にそんな話をしたことを思い出しながら言い直す。

「フォラスは何故《なぜ》、あれの相手を？」

「この大陸は魔族《まぞく》の遊び場だ。お前も知っての通り、俺達《おれたち》はお前達が知らないだけで大陸のあちこちに手を伸《の》ばし、こっそりとだが楽しんでいる。その遊び場を壊しかねない存在を魔族の長《おさ》たる俺が見過ごすことができると思うか？」

酷《ひど》い言いぐさだとロレンは思うが、大魔王の言い分には納得《なっとく》できる部分もあった。

しかし、どこか釈然《しゃくぜん》としない部分もあり、それが表情に出ていたのか大魔王はロレンの顔を見ながら付け加える。

「それ以上のことをお前に話す気はない」

それは別の理由もあると白状しているのに等しいだろうとロレンは思うのだが、流石《さすが》に相手が大魔王とあってはその隠している理由まで吐き出させるのは無理だろうと考える。

少なくとも実力行使に訴《うった》えられるような相手ではないし、ロレンの側に何かしら切れるカードがあるわけでもない。

その上、命を助けられたらしいという負い目まであれば、とてもではないが追及《ついきゅう》できるような話ではなかった。

「で、お前はこれからどうする？」

ロレンの方が話に詰《つ》まったことを察したのか、大魔王の側から話題を変えてきた。

これ以上突っ込んだ話はできそうにないのであれば、それには乗るべきだろうとあまり迷うことなく大魔王の質問に答える。

「ラピスの足をなんとかしてやりてぇ。情報が欲《ほ》しい」

ベッドの上に横たわったまま、ロレンは視線をラピスの足へと向ける。

意識を失う前に見たラピスの足は、二人分の体重を受け止め、かなりの高さからの落下による衝撃によって酷い有様になっていた。

今は包帯を巻かれた状態で、歩く分には支障がないように見えていたのだが、それでもこれまでのような動きができないだろうということは察せられる。

「ラピス一人なら、あそこまで足を壊さなくても着地できたんじゃねぇか？　だとすれば今の状況《じょうきょう》は俺のせいだ。命を助けられた手前もあるからな。無視できねぇ」

ロレンからしてみれば確かにマグナの機動要塞というものは脅威ではあるのだが、魔王が複数出張っている状況で自分に何かできるとは思えない。

それよりもまずは身近な問題を何とかすることが先決であり、重要であろうと考えての答えだったのだが、ラピスが何か言いかけたのを大魔王が制し、面白がるような表情はそのままにロレンの答えに応じる。

「なるほどな。身《み》の丈《たけ》に合った考えだと褒めてやる。いいだろう。ラピスの両足の行方《ゆくえ》に関しては俺が情報を提供してやる」

「対価に何を要求してくる気だ？　見ての通り、大したことはできねぇぞ」

大魔王ともあろう存在が一介《いっかい》の冒険者《ぼうけんしゃ》に対して、無償《むしょう》で何かしてくれるとは到底《とうてい》思えず、警戒《けいかい》するロレンへ大魔王はわずかにだが声を漏《も》らして笑った。

「無論、お前に何か大したことをしてもらえるとは思っていない。だが、俺の配下たる魔王の一人、その愛娘《まなむすめ》を身を挺《てい》して守ったという事実には褒美をやらねばならんだろう」

「守り切れたわけじゃねぇがな」

「それでも、だ。この大陸に相手が魔族だと知って、それでも身を挺するような者がどれほどいると思う？　お前の存在は貴重だよ」

褒められたらしいことはロレンにも分かった。

しかし相手が相手だけに素直《すなお》に受け取ってしまっていいものか、内心首を傾げてしまうロレンに、大魔王は話は終わりだとばかりに背中を向ける。

「情報は確定次第《しだい》伝えてやろう。それまで体を癒《いや》すといい。城のメイド共には丁重《ていちょう》に扱《あつか》うよう命令してある。いい機会だ、きちんと躾《しつけ》られたメイドに上から下まで面倒を見てもらうという貴重な体験を楽しめ」

「ラピスがすげぇ目で睨《にら》んでんぞ」

上から下まで面倒を見てもらうという言葉の意味が分からないような者はその場にはおらず、相手が誰《だれ》であるのかも忘れたかのような目つきのラピスに大魔王は今度ははっきりと声を立てて笑った。

「子猫《こねこ》が威嚇《いかく》してくるようなものだ。まぁ受ける受けないはお前に任す。俺に用があればメイドに言うがいい。それでは、またな」

ひらりと手を振って部屋から大魔王が出ていく。

その後を追いかけようとしたラピスは一瞬立ち止まり、ロレンの方を見ると半眼で睨みながらぼそりと告げた。

「駄目《だめ》ですからね」

「本気にすんなよ。フォラスのいじりだろ、ありゃ」

メイドといえども周囲にいるのは全員が魔族である。

魔族以外の存在など歯牙《しが》にもかけないような者達が、冗談《じょうだん》めいた大魔王の言葉など本気にするわけがないだろうと考えるロレンへ、それでも心配そうな顔をしながらラピスは大魔王の後を追って部屋を出て行った。

残されたロレンは大魔王の言うように、今は傷を癒し体力を回復させるべきだろうと目を閉じかけて、いきなり自分の顔を覗き込んできたメイド姿の少女に驚き、びくりと体を震わせる。

「な、なんだ⁉」

おそらくは大魔王たちと入れ替《か》わるようにして入ってきたのであろうメイドに、驚くロレンへその少女は、淡々《たんたん》と抑揚《よくよう》のない口調で話しかけてきた。

「陛下より、身の回りのお世話を仰《おお》せ付かっております。ご気分はいかがですか？　何かしらご要望があれば遠慮《えんりょ》なく申し付けてください。お着替《きが》え、話し相手、同衾《どうきん》のお相手から下や溜《た》まったモノの処理まで分け隔《へだ》てなく」

「冗談だろ？」

何かしら色々と不穏当《ふおんとう》な単語が交じっていることに慄《おのの》くロレンへ、少女は表情をぴくりともさせないままに答えた。

「既《すで》に下のお世話やお着替え、全身を拭《ふ》き清めるといった作業は何度か行っておりますので、今更《いまさら》でございます。同衾に関しましても体温を維持《いじ》するためという名目で何人かが。さすがに意識がありませんでしたので溜まったモノの処理は未経験ですが」

「冗談……だろ？」

冗談だと言ってくれと祈《いの》るような気持ちのロレンへ、メイドの少女はなんでもないことのようにエプロンドレスのポケットへ手をいれると、そこからいくつかの宝石のようなものを掴《つか》みだす。

「証拠《しょうこ》映像が残っておりますが、ご覧になりますか？」

「なんでそんなもんが残ってやがる!?」

「ご覧にならないのであれば、何かしらご用命を。同衾ですか？　同衾ですね？　では同衾ということで失礼して」

「待ちやがれっ！　手前《てめ》ぇ怪我人《けがにん》相手にいったい何をしやが……ラピス！　ちょっと戻《もど》ってこい！　こいつら頭おかし……おい、ラピス！　ラピスーっ！」

「悲鳴があがってませんか？」

よたよたとした足取りで大魔王の後について城の廊下《ろうか》を歩いていたラピスは背後からロレンの声が聞こえたような気がして足を止めて振り向いた。

同じく足を止めた大魔王は振り向くこともなく腕組《うでぐ》みをして首を傾げる。

「無理強《むりじ》いはしないように言ってあるんだがな。まぁ手を出されれば儲《もう》けものか」

「陛下？　いったい何をお考えで」

声に憤《いきどお》りのような感情を乗せて尋ねるラピスへ、大魔王は真面目《まじめ》に取り合っていないような顔と雰囲気《ふんいき》で笑う。

「色々とだが、お前に聞かせるつもりはない。それよりユーディに連絡《れんらく》を取れ。お前の両足をどこに隠したのか聞かねばならん」

大魔王はロレンへ、ラピスの足の行方に関して情報が確定したら伝えると言っていた。

しかしそれはおかしいとラピスは思う。

ラピスの両足をどこかへ隠したラピスの両親は大魔王の配下であり、主である大魔王から問われれば、包《つつ》み隠さず事実を述べるしかないからだ。

「大魔王ともなれば考えることは色々ある。それは現在に限ったことではなく、これからのことやこれまでのことも含《ふく》めて、色々とな」

全《すべ》てを伝える気はないものの、何かあるのだということは分かるように含みを持たせた大魔王の言葉に、釈然としないものを感じつつも問い詰めたり反発したりするという選択《せんたく》肢《し》はラピスにはない。

それだけの差がラピスと大魔王の間にあるということを理解しているラピスは渋々《しぶしぶ》といった様子で大魔王の言葉を承《うけたまわ》ったことを示すために頭を下げ、それを見た大魔王は特に満足した様子もなく、鷹揚《おうよう》に頷《うなず》くと再び城の廊下を歩きだす。

「それにしても……物怖《ものお》じせず、不器用なところなど妙《みょう》に似ている。血というものは不思議なものだ」

後ろについてラピスが歩き出す気配を感じながら、大魔王が誰《だれ》に言うでもなく呟《つぶや》いた言葉は魔族が持つ優《すぐ》れた聴覚《ちょうかく》をもってしてもラピスの耳に届かないほどに小さなもので、誰に聞き止められることなく消えていくのであった。

とある神官の手記より

油断ならない人物というものは種類もさることながら、世界のあちこちに結構な数が存在していたりするものです。

それは魔族《まぞく》にして魔王の娘たる私ことラピスから見ても同じこと。

例を挙げるならばまず筆頭は大魔王陛下。

存在の強大さは当然のこととして、その性格や言動は超常的な力を抜きにして考えたとしても、とても気を抜いて対峙《たいじ》できるような相手ではありません。

と言いますか、あの方がその気になったら何をどう気をつけたとしても意味はないんですけれども。

普通に戦えばまず負ける要素がないというのに油断できない相手の筆頭と言えば、やはりそれはロレンさんでしょう。

初見殺しの何かを仕掛けても、謎の勘であっさり回避してしまう様子は敵に回った側からしてみれば理不尽の一言に尽きますし、傭兵《ようへい》や冒険者《ぼうけんしゃ》にしては妙に知識もあり、頭の回転も早いとなりますと、まるで油断のできない相手と言えます。

いえ最近どうしても、ロレンさんってば私の思惑《おもわく》を理解した上で嵌《は》まりに来てくれているのではないかという思いが頭から離れませんで。

私の方も結構露骨《ろこつ》にアプローチをかけておりますので、バレててもおかしくはないのですが、それにしてはどうにも煮え切らないと言いますか。

この辺り、真面目に考え始めますとドツボに嵌まりそうな気がしますので、一旦《いったん》どこかに放り投げておくことにしまして、現状問題にしなければならないのはロレンさんが所属していた傭兵団の元団長さんことユーリさんのことです。

分類としては確実にロレンさんの分類になります。

流石《さすが》はロレンさんが所属していた傭兵団の団長さんと言ったところではあるのですが、ロレンさんより年季が入っている分だけ厄介《やっかい》さも増しているような気がします。

今回はそのユーリさんからの依頼ということになりました。

なんでも侵攻《しんこう》中の王国から人の気配がなくなったのだとか。

調査の兵を派遣《はけん》するので、それに同行して欲しいというような依頼なのですが、これをロレンさんが了承。

私としては断った方がいいような気がしないこともなかったのですが、人のいない街を調査するると聞かされますと、なんと言いますか心が躍《おど》るものがありました。

何せ人がいないのです。

そこに残された物は全《すべ》て調査を行った人の物にしてしまっても咎《とが》めだてされるような心配がありません。

これは非常に幸運な仕事なのではないか、と思いはしたものの同行する兵士さん達《たち》の目というものがありますので、好き勝手にするというわけにもいかないようです。

まぁ私の手をもってすれば、兵士さん達の目を掻《か》い潜《くぐ》って色々と失敬する程度のことは朝飯前ですので、問題ないでしょう。

あのロレンさんの目すら欺《あざむ》いた私なのですし。

そんなこんなで到着した街は確かに人っ子一人いない無人の街。

そして感じるエロフ、ではなくてダークエルフのノエルさんの気配。

街自体に被害を出さず、街の住人を跡形《あとかた》もなく消し去る魔術なんてものがあるとは思えませんので、おそらくは色欲に権能を使ってどこかに連れ去ったのでしょうが、何を考えていますのやら。

それはさておきさっそく家捜《やさが》しすればそれなりに出て来る値打ち物の数々。

それなりの収穫はあった、とは思うのですが街一つ攫《さら》ってみたところで消えないロレンさんの借金。

当初、行動を共にしてもらう為に心を鬼にして作ったロレンさんの借金も、今や色々な思惑が絡んだ結果として、ちょっと人の一生を費やしても支払いきれないような金額になってしまっています。

これがなんとなくロレンさんと私との距離を緊密《きんみつ》にすることの壁になってきているような気がする昨今《さっこん》。

あの時は仕方がなかったとは言え、ちょっと失敗した感じが否《いな》めません。

これはどうにかしなければいけないのですが、いかに私と言えども一朝一夕《いっちょういっせき》でどうにかできるような金額ではなく。

借金を消し去る方法はあることにはあるのですが、それにはロレンさんと私がその……非常に親密にならなければならないという前提がありまして、そこに立ち塞《ふさ》がる壁の原因がやっぱり借金という。

どうしたらいいんでしょうこれ？

どうにかなることを祈るしかない、と思いますが不信心者《ふしんじんしゃ》が多い魔族《まぞく》の祈りと言うものを聞き届けてくれる神様というのは存在するのでしょうか？

知識神様ですか？

ちょっと縁結《えんむす》びには関係性が遠すぎる神様な気がします。

この作業中にやっぱり残されていたトラップ。

もはや何か起きること自体は約束された未来みたいなものですから、これをさくりと解決して街から撤退《てったい》。

消耗が激しいものの、ここから戻るよりはもっと先にある拠点《きよてん》で再編を行った方がいいという兵士さんの言葉から、さらに前へと進んだ私達だったのですが、到着した拠点は何《な》故《ぜ》かもぬけの殻《から》。

どうしていいやら分からずにとりあえずは拠点近くで一泊することに。

先程《さきほど》述べたような思いから、野営地で少し押してはみたのですがやはり反応は芳《かんば》しくありませんでした。

まぁ兵士さん達の雰囲気を和《なご》ませる一助となったかもしれないので、これはこれで良しとします。

ここで前進を断念して戻るという兵士さん達とはお別れし、私達はもっと王国の先へ派遣されているらしいユーリさんの部隊に合流するべく進みますと、そちらもそちらでトラブルの真っ最中。

見た目最悪なフレッシュゴーレムらしき一団に囲まれて襲撃されていました。

今回の件、あの黒光りと褐色《かっしょく》エロフが絡んでいることは予《あらかじ》めある程度は予想していたわけなのですが、あの方々はまともな戦力というものを持ち合わせていないのでしょうか。

どうもあの方々の絡んだ件に出て来る敵というものは、ろくでもないものばかりな気がして仕方ありません。

これについての文句はいずれ本人に拳《こぶし》と共に叩きつけてやることにしまして、どうにかこうにか包囲を突破《とっぱ》し、ユーリさんの部隊と合流。

ここでロレンさんが気絶してしまったのですが、なんだかロレンさんの気絶って見慣れてしまった気がしますねと思いつつ、運ぶ私も手慣れたものです。

ちょっと乱暴に扱ってしまった気もしますが、非常事態だったということで許してもらうことにしましょう。


そんな感じでユーリさんと合流した私達は、ここでユーリさんからそれなりに衝撃的な情報を告げられます。

まずユーリさんが邪神さん達のことをご存じだったということ。

そしてユーリさんとあの黒光りことマグナさんとはどうも何らかの形でお知り合いだっ

たということ。

そしてロレンさんが所属していた傭兵団は偶然、負《ま》け戦《いくさ》に参加してしまったというわけではなく、あらかじめそうなるだろうことを予測した上でわざとその戦に参加させられていたということ。

最後に、ユーリさんが傭兵団を潰《つぶ》してでも、あのマグナさんの目をくらましたかった理由がどうもロレンさんにあるということ。

それなりに衝撃的ではあるのですが、ある程度は予想していたとも言えなくはない情報ですね。

何せユーリさんの有能さは魔族である私から見ても少しばかり異常です。

一国の、しかも将軍という地位につい先日までその辺の傭兵団の団長をしていた程度の人が短期間に上り詰めるようなことなど、普通はできるはずがありません。

いかに戦果を挙げまくったとしても、普通はある程度のところで一定期間足踏みするとか、頭打ちになるとかするのが自然です。

そんなことがまるで起こらずに、とんとん拍子《ひょうし》で出世するなんてお話は、おとぎ話の中くらいなものでしょう。

しかし、それを現実のものにしたというのであれば、ユーリさんはおとぎ話の登場人物並みに異常な能力と運を持ち合わせているということです。

では翻《ひるがえ》って考えてみて、そこまで有能な人物がたった一回の戦で、それなりの規模の傭兵団を壊滅させてしまうようなことがあるでしょうか。

勝ち負けの見極めを誤ることくらいはあるでしょう。

引《ひ》き際《ぎわ》を間違えることだってあるかもしれません。

そこは全知にあらず、万能でもない人のすることですからおかしなことはありません。

ですが、たった一度の失敗できれいさっぱり跡形もなく、というのは私から言わせてもらえればあからさまにおかしな話です。

そこにそうしなければならなかったという意思が存在していたのではないかと思うくらいには。

そんなわけで表向きはともかく、実際のところはあまり驚《おどろ》かなかったというのが私の素直な感想です。

それより驚いたのは、ロレンさんに何らかの上位者設定がされていたということ。

ある程度以上の品質を持つ魔術工芸品、特に遺跡《いせき》などから出土する物には使用者を特定するためや盗難を防ぐための機能を持つ物があります。

これは一度使用者を設定すると、設定を変更するまではその使用者以外がその魔術工芸品を所持、使用できなくなるというものなのですが、これがロレンさんには適用されなかったんです。

グーラさんという尊い犠牲《ぎせい》を払って確認されたこの事実は、原因に関しては考えても分からないので棚上《たなあ》げしておくとして、ロレンさんという存在が非常に特殊であるということを表しています。

なにせその魔術工芸品が作られたときに、ロレンさんという存在が認識され、セキュリティ対象外の上位者として設定されていたということになってしまうのですから。

いったい貴方《あなた》はどこの誰《だれ》なんですかロレンさん。

もっともどこのどなただったとしても、私の気持ちに変わりはないのですけれど。


その辺りの説明をユーリさんがしてくれることはありませんでした。

言わないのではなく言えないのだ、というところがまた謎です。

何かしらの誓《ちか》いを立てているからということのようですが、その誓いを解除する方法はロレンさんが本当の名前をもって命ずることのみ、ということのようです。

つまり、ロレンさんには別の名前が存在するということ。

非常に興味がそそられます。

その辺のもやもやをなんとかするためには、どうしてもあのマグナさんから情報を得るか、あるいは何も見なかったことにしてマグナさんを地獄送りに……地獄で間違いないですよ、あの方が天国に逝《い》けるわけがないじゃないですか。

とにかくこの世からさようならしてもらうしか方法がなさそうです。

そうなると、いかに人の目が届かないような状況でマグナさんと遭遇《そうぐう》するかということが問題になりますね。

人の目さえなければどんな手段でも取れるわけですから。

それについては後々考えることにして、今はきっと色々な情報を突き付けられて混乱し、衝撃を受けているであろうロレンさんを慰《なぐさ》めることが先決、と思ったのですがここでニグさんをけしかけられるとは思いませんでした。

とてもひどいと思います。

ここはちょっと弱みを見せるロレンさんを、優しく私が慰め元気づけ、励ますシーンが入るべきところなのではないでしょうか。

何者かの悪意を感じます。

ちなみにニグさんの糸で作られた繭《まゆ》のベッドは、それほど悪い寝心地ではありませんでしたが、ちょっとべとつくのと寝相《ねぞう》が悪いと顔中糸だらけにされて窒息《ちっそく》するのではないかという点が問題でしたね。


そして翌日。

マグナさんから情報を得るために、こっそりと拠点から離れようとしてちょっと申し訳ないのですが拠点の兵士さん達に幻を見せて、混乱している間に拠点から離れようとした私達だったのですが。

あっさりユーリさんに気付かれました。

やっぱりこの人、何か性能がおかしいですよ。

周囲が混乱してまともな指揮系統も働いていないというのに、拠点から抜け出そうとしているロレンさんを涼しい顔で追いかけようとしていたんですから。

さすがに話が面倒《めんどう》になる気がしましたので、こっそりロレンさんから離れてちょっと洒落にならない程度の攻撃を仕掛けてみました。

私の素性がユーリさんにバレる危険性はあったのですが、バレたらバレたで手段を選ぶことなくユーリさんから情報を搾《しぼ》り取ろうとか考えていました。

それでどうなったかと言いますと、私の攻撃でユーリさんは拠点に戻ってくれました。

さらっと言ってみましたが、これおかしいですからね。

私が、ちょっと洒落《しゃれ》にならないと考えている程度の攻撃を受けて、普通に拠点に戻っていったとか普通ではありえません。

手ごたえはあったのですが……なんでしょう、打ち抜く前にすり抜けられてしまった、という感じでまともにダメージを入れられなかった感じがしました。

何と言いますかこう釈然としません。

しかもあらかじめ用意してあり、ユーリさんが渡すつもりだったという地図をお土産《みやげ》にもらってしまう有様です。

ちょっと自信を失いそうです。


マグナさんがいるならば、それはきっと首都であろう。

あぁいう手合いは大体そういうところでふんぞり返っていそうな感じがします。

そんなわけで首都を目指して移動する私達はまた血肉で作られたフレッシュゴーレムの襲撃を受けました。

なんとなく察してはいたのですが、おそらくこのフレッシュゴーレム達の材料というのは、失踪《しっそう》している王国の国民の皆さんでしょう。

だって他に考えられませんもの。

邪魔者を掃除するのと同時に敵に対する迎撃戦力を整えるという意味から、あのノエルさんの権能で操った人々を、まるっとゴーレムに作り替えてしまったんでしょうね。

こうすれば一定の戦力を大量に用意することができます。

一般人とゴーレムと、どちらが強いかと問われれば間違いなくゴーレムですし、材料さえあれば大量に作ることはそれほど難しいことでもないですから。

ただこれをわざわざ口に出して言うつもりはありませんでした。

なんとなくそうだろうと思っているのと、いざ言葉にしてしまうのとではなんとなく抱《いだ》く感じが違いますし。

このゴーレムの迎撃中に出会いましたのが、なんとロンパート王国近衛騎士団の団長さんことスタームさん。

同じ団長でもユーリさんとはまるで違った人物ですね。

胡散臭《うさんくさ》さがありません。

そのスタームさんが言うには、やはり今回の王国の行動にはマグナさんが深く関わっているようであり、離反《りはん》ととられても仕方のない選択をした近衛騎士団は王の近くからマグナさんを排除するために行動しているのだとか。

そしてそれを実行するためのとっておきの秘策が、どうも王族専用の抜け道というものがあるそうで、そこを辿《たど》って直接マグナさんに攻撃を仕掛《しか》け、王様の身柄《みがら》を奪還するというもののようです。

これに助力する見返りに結構な報酬《ほうしゅう》も提示されたのですが。

どうも王族とか貴族というものが提示する報酬って、素直に受け止められないのですよね。

終わった後に手のひら返しをされそうな気がして仕方ないんです。

これ、人族に限ったことではなく魔王も結構やるんですよ。

どの魔王がやりがちなのかについては言及できませんけどね。

私も命が惜《お》しいので。

とはいえマグナさんをどうにかしたいという思いは同じなわけで、手のひらがひっくり返ったらこちらから盤面《ばんめん》ごとひっくり返せばいいか、くらいな気持ちでスタームさんの提案を受け入れ、行動を共にすることになった私達は、スタームさんが知っていた抜け道を通って王城へと潜入しました。

この手の抜け道ってどうして墓地とかに繋《つな》がっていることが多いんでしょうか?

まだ墓地ならましな方ではありますが。

酷《ひど》いのになるとごみ捨て場とか、トイレなんかに繋がっている場合もあります。

人の目が届きにくい場所ということで選択されているのでしょうが、ちょっと使う方の身にもなって欲しいと思うのはおかしなことでしょうか。

ありがちな設定というものは予想もされやすいものです。つまるところ、王城の地下に墓地があることさえ分かっていて、奇襲《きしゅう》を避けるために警備しようとするのならば、そこに兵を置かないわけがないんですよね。

マグナさんがもうちょっと抜けた方でしたらよかったのですが、しっかり兵が配置してあり、成り行きで戦いが始まってしまいました。

なんと敵側の兵はノエルさんと同じダークエルフです。

どうもマグナさんにはノエルさんをはじめとしたダークエルフの一族が力を貸しているようですね。

何か取引でもしたんでしょうか。

驚き狼狽《うろた》えるスタームさんらを尻目に、待ち構えていたダークエルフ達を撃破したところまではよかったのですが、ここで王様とマグナさんが登場。

どうみても操《あやつ》られていることが分かる王様に、スタームさんが呼びかけを行ったのですが聞く耳もなく、増援《ぞうえん》を呼ばれた上で退路も断たれるという面白くない状況に。

ここをどうにか突破して逃げ出さなくてはという中で、ロレンさんとマグナさんが一騎打ちになりました。

途中経過は省きますがこの一騎打ちの結果、どうもユーリさんとマグナさんとは何らかの主従関係にあったらしいこと。

そしてマグナさんが世が世ならば世界の王という立場についていたかもしれないということ。

これらに関しては少しばかり誇大妄想《こだいもうそう》なのではないかと疑ってしまうところなのですが、嘘《うそ》と言い切れる情報もありませんのであくまでもマグナさんの言い分として記憶しておくことに。

そして、おそらくこれがユーリさんが傭兵団を潰す原因となったらしい、マグナさんが傭兵団の中で最も若い団員に何かしらの用があったということ。

ユーリさんの口ぶりからして、どうもロレンさんのことだと思うのですが、ここは余計なことを口にする必要はない場面でしょう。

そうしている間に私達は、増援に来た兵士達をちぎっては投げ、ちぎっては投げしておりました。

いかに数を揃《そろ》えようとこちらには私と、ついでにグーラさんもいるのです。

普通の兵士がちょっとばかり数を揃えたところでどうこうできるわけがありません。

増援に来た兵士を始末して、マグナさんの身柄を押さえれば逆転というところで状況をひっくり返すようなことが起きました。

なんとマグナさんらの目的はどうも王城の地下に埋められていた巨大な要塞を掘り起こすことだったようなのです。

そしてその軌道に巻き込まれた私達は、爆発的に吹き上げられた瓦礫と共に空を舞う羽目になりました。

もう無茶苦茶です。

この一撃でスタームさん達と王様達は全滅。

グーラさんは私達よりさらに空高く打ち上げられてしまいました。

どうにかロレンさんと合流することはできたものの、空に打ち上げられてしまったからには着地をどうにかしないと二人とも死んでしまいます。

ちょっとこの時の、着地については思い出したくありません。

いかに魔族が強力でタフな種族だったとしても、落ちたら確実に絶命するような高さから人一人を抱えて無事に着地を決められるほど物理現象の外に存在しているわけではないのです。

結論、とても痛かったです。

ロレンさんをぎゅっとできたのは幸せでしたが、その体を支えていた腕と肩は外れかけるくらいの衝撃でしたし、背骨と腰は悲鳴を上げましたし、義肢《ぎし》は二人分の体重を受け止めきれずに大破し、破片が生身の方の装着部分に突き刺さったりと。

これも二人分の命の代償だと考えれば我慢できないほどではなかったのですが、痛みに声を上げればロレンさんが心配するでしょうし、あちこちケガをした状態をお見せしてしまったのではやはり心を痛められるかもしれません。

それはもう必死こいて声を噛《か》み殺し、慌《あわ》てて見た目上ではそれほどのことはなかったかのように取り繕《つくろ》いましたよ。

さすがに壊れた義肢はすぐ直せるような物でもありませんでしたので、そこは見られてしまったわけなのですがそれを気にしているような余裕はありませんでした。

あのマグナさんが掘り起こした要塞が、トドメとばかりに攻撃を仕掛けてきたのです。

これによってロレンさんの大剣《たいけん》は折られてしまい、ロレンさんも重傷を負いました。

いちおう、これだけは言っておきたいのですがこの重傷を負ったロレンさんの呼吸を確保するためにその……溜《た》まった血を吸いだすために唇《くちびる》を……合わせたわけなのですが、これは私的には医療行為ですので、口づけとは認めません。

当時はそんなことを気にしている余裕など全くなかったのですけれども。

もうダメかもしれないと軽く諦《あきら》めが入ったのですが、ここでオプシディアンスパイダーのニグさんに助けられました。

以前、ロレンさんが大魔王陛下から頂いたコインを引っ張り出してきたのです。

この場から撤退するために使えそうな魔術として〈帰還《リコール》〉というものがあったのですが、これは転移系の魔術で転移先の座標を確立するためにはその座標の情報を設定しておかなければならないという問題がありました。

しかしその問題を、このコインならば解決できそうだったのです。

さらに要塞の方には何らかの不都合があったようで、攻撃の手も止まっており、この隙をついて私とロレンさんは〈帰還《リコール》〉の魔術によってどうにかこの難を逃れたのでした。

ちなみに転移先は大魔王城の一室で、そこには私達が転移してくることを知っていたかのように大魔王陛下が待ち構えておられました。

その後のことは私もちょっと朧《おぼろ》げにしか覚えておりません。

私も結構ぎりぎりだったのです。

ケガの治療を受け、壊れた義肢を多少見栄《みば》えがする程度まで補修してもらい、ロレンさんの容態とそのお世話を大魔王城勤めのメイド達が行っているということと、私達がマグナさんと交戦した地域を魔王の名前で封鎖し、空を飛んでいたあの要塞の足止めに複数の魔王を派遣したということを知りました。

これらの情報を、意識を取り戻したロレンさんが聞いたとき。

まず私の足のことを心配してくれたのは、かなり嬉しかったです。

大魔王陛下からの指示も頂きましたので、母様から両足に関する情報を引き出すことができるでしょうからそれについての心配はなくなったのですが。

さてあの機動要塞とやらのことですとか、ロレンさんのことですとか、マグナさんのことですとか、考えることやらしなければならないことやらが目白押しです。

どれから手をつけたものやらと思ってしまいますが、どれから手をつけるにせよ最終的に笑うのは私とロレンさんに決まっているのです。

ええ、どんな手を使ってでもそうなるように仕向けて見せますとも。

やられっぱなしで終わることなんて、ありえるわけがないのです。

そんな感じで、今回はここまでにしたいと思います。

マグナから逃れ、
大魔王城にて怪我の療養につとめる
ロレンたち。

2021年 春頃発売予定!

著者／まいん　イラスト／peroshi

怪我からのリハビリと、
戦力の拡充をしなければならない彼らだが、
そこへ隠されていたラピスの足の
情報が入ってきて――。
食い詰め傭兵の
幻想奇譚16

未来から来た娘、クーンに戸惑う暇もなく、
ブリュンヒルドに子供たちが次々とやってくる。
フォンとともに。23
2021年2月発売予定！

続々と現れる未来の子供たちに冬夜達が混乱する中、
世界の片隅で新たな騒動の種が芽吹き始め——。
異世界はスマート
冬原パトラ
illustration■兎塚エイジ

ギルドメンバーもそろったことで、
さらに戦力増強した【月見兎】。
著：冬原パトラ
イラスト：はましん

第3エリア突破のキーとなる
モンスターにも目途がつき、
ついにエリアボスと
対峙することに――!!
VRMMOはウサギマフラーとともに。4
VRMMO with a rabbit scarf.
今冬発売予定!

HJ NOVELS
HJN22-15

食い詰め傭兵の幻想奇譚15

2020年11月21日　初版発行

著者――まいん

発行者―松下大介
発行所―株式会社ホビージャパン
〒151-0053
東京都渋谷区代々木2-15-8
電話　03(5304)7604（編集）
03(5304)9112（営業）

印刷所――大日本印刷株式会社

装丁――木村デザイン・ラボ／株式会社エストール

定価はカバーに明記してあります。

Printed in Japan

ISBN978-4-7986-2348-1　C0076

ファンレター、作品のご感想お待ちしております
〒151－0053　東京都渋谷区代々木2－15－8
(株)ホビージャパン HJノベルス編集部 気付
まいん 先生／ peroshi 先生